www.tredition.de

U.B.Bourbon

KUTTERLEHRE

Kriminalroman

www.tredition.de

© 2021 U. B. Bourbon
Umschlag: Elapress, Manuela Lilienthal
Verlag: tredition GmbH, Halenreie 40-44,
22359 Hamburg

ISBN

978-3-347-38257-2 (Paperback)
978-3-347-38258-9 (Hardcover)
978-3-347-38259-6 (e-Book)

„Name?"

„Sokolov."

„Vorname?"

„Juri."

„Wohnhaft in? Stimmt die Adresse, die hier vorliegt, noch?"

„Ja!"

„Familienstand? Verheiratet mit Svetlana Sokolov, geborene Kalashnikova?"

„Auch richtig! Sie könnten bei uns anfangen."

Juris Gegenüber drückte ein hölzernes Lächeln heraus.

„Da sind wir schon beim Thema. Sie sind Polizeibeamter?"

„Schon wieder richtig!"

„Herr Sokolov, das sind doch nur die Formalitäten."

„Natürlich! Ich bin Hauptkommissar bei der Mordkommission. Also, wenn Sie mal einen Mord in der Familie haben? Nur zu."

Wieder ein unterkühltes Lächeln seines Gegenübers.

Juri hatte kurzfristig das Gefühl, in einer der Vernehmungsräume in seinem Präsidium zu sitzen. Nur eben als Verdächtiger. Seinem Gegenüber ausgeliefert und völlig hilflos, während der ihm nach und nach das Fell über die Ohren zog.

„So, dann haben wir noch zwei Töchter. Natascha und Leoni?"

„Auch richtig."

Juri fühlte sich zunehmend unwohl. Dabei hatten er und seine Frau um diesen Termin gebeten. Es war ein sogenannter „Umschuldungstermin" bei seiner Hausbank. Irgendwie wurden seine Hypothek, der Dispo und sein Beamtenkredit zusammengefasst und dann wieder zu noch günstigeren Konditionen herausgeworfen. Das ermöglichte seiner Familie einen „größeren Spielraum bei notwendigen Anschaffungen und oder finanziellen Engpässen". So hatte das ihm zumindest sein Gegenüber vermittelt, sein Bankberater Herr Lehmann-Heldkresse. Der Berater seines Vertrauens. Juri nannte ihn nur Geldfresse. Die Ähnlichkeit mit Gollum aus der „Herr der Ringe" - Trilogie war verblüffend. Und in Gedanken hörte er auch schon die Worte, die seinen weiteren Ruin bedeuten würden: „Gib mir mein Schatz." Dabei war bei ihm sowieso nicht mehr viel zu holen. Nun war er für immer gefangen in den Archiven der Banken. Eine Art „Kainsmal". Für alle sichtbar und auf ewig verdammt. „Ein Ring sie zu binden…". Juri wollte gerade in seinen Taschen nach dem Einzigen suchen, der ihn unsichtbar machte und die Flucht ermöglichen könnte, als ihn ein Rippenstoß wieder zurückholte. Er musste nicht nach rechts schauen, um zu überprüfen von wem der Stoß kam, denn nur eine Person konnte so einen Hieb aus kurzer Distanz führen. Seine Frau Svetlana. Schließlich war sie eine geborene Kalashnikova. Hübsch, liebenswert aber bei Bedarf auch nicht ungefährlich.

„Juri, der Herr Lehmann-Heldkresse hat dich etwas gefragt.“

„Entschuldigung. Nein, ich habe keine weiteren Fragen. Wo soll ich unterschreiben?“

„Hier, hier, hier und hier. Da benötige ich beide Unterschriften und hier und dort noch einmal und schon haben wir es geschafft.“

Die Worte kamen so routiniert und vertrauensvoll, dass man das Gefühl hatte, einen alten Fernseher gegen einen Lamborghini zu tauschen. Die Kleinigkeit, dass, wenn er seinen Job verlöre, sein Haus weg sein würde, wurde natürlich nicht besprochen. Es folgte ein Schwall netter Worte, Hände schütteln und die Flucht.

„Wir hätten ihm rohen Fisch mitbringen sollen, dann hätten wir bestimmt bessere Konditionen bekommen.“

„Juri, du nervst! Wir haben das gemeinsam entschieden und das war eine gute Entscheidung!“

„Du hast ja recht, ich meine ja nur, dass es auch…" Juri führte den Satz nicht zu Ende, denn er kannte den Gesichtsausdruck seiner Frau, der signalisierte, dass es jetzt besser wäre, es nicht auf die Spitze zu treiben.

Zuhause angekommen, verzog sich Juri in sein Arbeitszimmer im Keller und überließ seiner Frau das Feld. Es war schon später Nachmittag und er wollte den Rest seines freien Tages dazu nutzen, sich mit neuen forensischen Methoden vertraut zu machen. Er als leitender Ermittler der Hamburger Mordkommission war ohne die Forensik fast blind. Das Märchen vom Kommissar, der nach Bauchgefühl ermittelt und Verdächtige aufspürt, gab es nur in der Fantasie von Roman- und Drehbuchautoren. Die Spurensicherung ist die Grundlage sämtlicher Ermittlungsarbeit und der anschließenden Beweislage.

Juri hatte sich das Hamburger Polizei Journal mit nach Hause genommen. Hier wurde von einer neuen Methode der Blutspuranalyse berichtet. Die Kanadier hatten eine Software entwickelt, die Richtung, Flugbahn und Fließgeschwindigkeit anhand der Größe eines Blutstropfens ermittelt, die „blood stain pattern analysis". Die Größe und Form eines einzelnen Tropfen Blutes, unabhängig auf welchem Untergrund dieser sichergestellt wurde, gab Antwort auf die Fragen: Welche Waffe hat der Täter benutzt? Mit welcher Wucht, welcher Geschwindigkeit ist das Blut gespritzt? Aus welcher Richtung kamen die Tropfen? Wo hat die Tat begonnen? Je nachdem, wie das Blut aus der Wunde getreten ist, gespritzt oder getröpfelt, hinterlässt es ein spezifisches Muster. Juri machte sich einen Vermerk. Er wusste, dass die Methoden in Hamburg schon angewandt wurden, wollte sich aber noch Detailinformationen geben lassen. Danach ging er nach oben und begrüßte seine Töchter, die mit seiner Frau gemeinsam am Abendessen werkelten. An seinen freien Tagen legte er ganz besonderen Wert auf Gemeinsamkeiten, und das Abendessen mit der ganzen Familie lag ihm außerordentlich am Herzen.

Der Abend verlief genau nach seinem Geschmack. Die Kinder erzählten aus der Schule von nervigen Lehrern und aufdringlichen Jungs. Sie gingen beide auf die Oberstufe und waren mit ihren dreizehn und fünfzehn Jahren sein ganzer Stolz. Svetlana hatte ihr unschlagbares süßes Lächeln wiedergewonnen und sein Hund Barnie, der inzwischen die Ausmaße eines Schafs hatte, schaffte es ausnahmsweise mal, nichts beim Toben mit den Kindern umzuwerfen.

Juri brauchte diesen Frieden zum Auftanken und noch mehr: Es war für ihn der existenzielle Beweis dafür, dass es sich lohnt, alles zu geben.

Nachdem sich seine Töchter ins Bett verabschiedet hatten, verbrachte er noch einige Zeit mit seiner Frau auf der Terrasse. Sie streiften noch kurz das Thema Hausbank und machten sich lustig über Herrn „Geldfresse", seinen billigen Anzug und der Ähnlichkeit mit Gollum. Später schaute er noch einmal bei seinen Töchtern rein, damit diese nicht die Flatrate ihrer Handys komplett zum Glühen brachten. Danach folgte er seiner Frau ins Bett.

Es war bereits dreiundzwanzig Uhr dreißig. Seine Frau schlief sofort ein und er gönnte sich zur Nacht noch einen weiteren Artikel aus dem Polizeijournal: „Die forensische Entomologie als Stütze bei der Bestimmung des Todeszeitpunkts."

Normalerweise wird der Todeszeitpunkt durch die Temperatur, das Erscheinungsbild der Totenflecken und die Ausprägung der Totenstarre bestimmt. Dies ist aber nur innerhalb von drei Tagen möglich, danach kommt die Entomologie ins Spiel: „Die Bestimmung der Leichenliegezeit anhand von Insekten, die sich in dem Leichnam eingenistet haben."

Denn vor allem Leichen, die im Freien liegen, werden sukzessiv von bestimmten, einheimischen Insektenarten besiedelt. Die Zusammensetzung dieser Insektengruppen, sowie deren Alter und Größe sind typisch für ein bestimmtes Stadium des Zerfalls der Leiche, da jede dieser Spezies die Leiche zu ganz bestimmten Zeiten als Nahrungsquelle, Brutstätte und Siedlungsraum nutzen und diese danach verlassen. Juri wollte sich in das Thema einlesen, damit er in der Rechtsmedizin etwas Grundlagen mitbrachte und diese nicht zu weit mit Erklärungen ausholen mussten. Darüber hinaus wurde seine Abteilung immer häufiger mit Leichenteilen konfrontiert, bei denen nur über diese Methoden der Todeszeitpunkt bestimmt werden konnte.

Es war bereits weit nach Mitternacht als Juri den Artikel aus der Hand legte und einschlief. Er schlief tief und fest. Nur ab und zu begegnete er in seinen Träumen Geldfresse, der ihm sein Haus wegnehmen wollte.

Um fünf Uhr dreißig klingelte sein Diensthandy. Er kannte die Nummer. Ihn anzurufen war durchaus legitim, aber wenn dies Zuhause und zu so einer Uhrzeit geschah, musste er nicht lange darüber nachdenken, was für eine Nachricht ihn jetzt erwartete. Er vertröstete seinen Kollegen und ging mit seinem Handy ins Arbeitszimmer. Eine seiner wichtigsten Regeln: Privat und Arbeit grundsätzlich immer zu trennen.

„Ja, Martin? Entschuldige, ich musste noch ins Arbeitszimmer runter."

„Kein Problem, Juri. Lass dich bloß nicht hetzen."

„Niemals, Martin. Was ist mit deiner Stimme passiert. Hattest du gestern eine harte Nacht?"

„Ging eigentlich. Dafür war der Morgen umso härter. Juri, du solltest dir das hier unbedingt angucken."

„So schlimm?"

„Sonst würde ich es nicht sagen. Mir wären fast zwei Polizeitaucher abgesoffen, weil die sich die Maske vollgekotzt haben. Und das kann ich gut nachvollziehen."

„Was haben wir denn?"

„Eine männliche Leiche im Schwimmbad."

„Hört sich jetzt nicht so dramatisch an."

„Erzähl mir das noch mal nach der Beschau."

„Okay, gib mir fünfundvierzig Minuten."

Juri notierte sich die Adresse vom Schwimmbad und legte auf. Er kannte Hauptkommissar Martin Rogge schon einige Jahre und hatte schon echte Gräueltaten mit ihm untersucht. Darüber hinaus kam Martin von der Sitte und war einiges gewohnt. Aber so betroffen hatte er seinen Kollegen und Freund selten erlebt.

Er suchte seine Sachen zusammen und verabschiedete sich von seinen drei Frauen und seinem nutzlosen Hund.

Das Schwimmbad, in dem die Leiche gefunden wurde, kannte Juri gut. Seine Frau und er waren öfter mit den Töchtern dagewesen. Hier hatte er den beiden das Schwimmen beigebracht. Juri war erstaunt, wie lange das mittler Weile her war.

Das Schwimmbad ist eines der wenigen Bäder in Hamburg, das noch über fünfzig Meter-Bahnen verfügt. Früher war er hier regelmäßig schwimmen gegangen. Darüber hinaus hat das Bad eine endlos lange Wasserrutsche, welche richtig zum Spaß einlädt.

Juri löste sich aus der Nostalgie und versuchte sich auf den Fall zu konzentrieren. Dass sein Kollege Hauptkommissar Martin Rogge ihn so drängte, machte ihm Sorgen. „Was kann an einer Wasserleiche für einen gestandenen Mordermittler so dramatisch sein? Lange kann die Leiche doch gar nicht im

Wasser gewesen sein, denn schließlich herrscht doch Badebetrieb. Darüber hinaus hatte jeder Ermittler bei der Mordkommission schon Wasserleichen gesehen."

Er fuhr mit seinem Dienstmercedes auf das Schwimmbadgelände. Mehrere Einsatzfahrzeuge parkten mit Blaulicht vor dem Bad. Zwei Uniformierte fragten nach seiner Legitimation und zeigten ihm den Weg zum Tatort. Neben der Eingangstür wurde ein Polizeitaucher von einem Sanitäter betreut. Juri erkundigte sich kurz nach seinem Befinden. Der Taucher war noch etwas blass im Gesicht aber auf dem Weg der Besserung.
Nachdem er das Schwimmbad betreten hatte, schlug ihm die hohe Luftfeuchtigkeit entgegen und der typische Chlorgeruch schoss ihm in die Nase. Er fragte einen weiteren Uniformierten, wo er seinen Kollegen Hauptkommissar Martin Rogge finden könne. Der Wachtmeister deutet auf die andere Seite des Beckens. Juri ging um das Schwimmbecken herum und das Erste was ihm auffiel, war das Blut in dem Becken. Dieses Rot war trotz der Wassermassen unverwechselbar intensiv. Jenes Rot, was man nur mit Blutrot beschreiben konnte.
Er ging auf Martin zu und begrüßte ihn mit Handschlag.

„Na, Martin, was hat uns denn der Tag heute beschert?"

„Hallo, Juri. Ich kann dir sagen, die Menschen werden immer durchgeknallter."

„Okay, dann mal der Reihe nach. Wissen wir schon etwas über das Opfer?"

„Das Opfer ist der Bademeister. Er hatte, wie wir bereits wissen, heute Frühschicht. Sein Name ist Andreas Graupner, fünfundvierzig Jahre alt, geschieden, keine Kinder. Aktenkundig wegen Verstoß gegen das Betäubungsmittelgesetzt und Förderung der Prostitution. Die genauen Hintergründe müssen wir noch recherchieren."

„Schon klar. Was ist die Todesursache?"

„Genau genommen wurde er filetiert."

„Martin, bitte etwas genauer."

„So wie es aussieht, hatte Graupner morgens die Angewohnheit, vor seiner Schicht einige Runden zu Schwimmen. Bevor er jedoch seine Bahnen zog, gönnte er sich einen Ritt durch die Wasserrutsche und das war sein Verhängnis. Jemand hat am Ende der Rutsche ein halbes Dutzend zwölf Zoll Stahlnägel durchgehauen. Mit der Spitze nach oben und nach erstem Erkenntnisstand waren diese auch längsseitig scharf gemacht."

„Ach du Scheiße."

„Ja, das trifft es. Durch diese Rutschen läuft Wasser, damit sich der Reibungswiderstand verringert und die Geschwindigkeit erhöht.

Bei seinem Körpergewicht von mindestens zwei Zentnern und einer Strecke von circa zwanzig Metern ist der mit einer Geschwindigkeit von dreißig bis vierzig Stundenkilometern in die Nägel reingerauscht. Letztendlich ist er mit den Schulterblättern am Ausgang der Rutsche hängen geblieben. Reichlich Fleischstücke sowie seine Hoden und die Reste seines Penis haben die Taucher vom Beckengrund aufgesammelt."

Juri war schon einige Jahre bei der Mordkommission und bis zu diesem Mord der festen Überzeugung, dass ihn nichts mehr aus der Fassung bringen würde. Doch die Perversion des menschlichen Gehirns brachte immer wieder Blüten hervor, die seinen Verstand überforderten.

„Wer macht so etwas?"

„Das war auch mein erster Gedanke, Juri. Wie krank muss jemand sein, der sich so etwas einfallen lässt?"

„Keine Ahnung, Martin. Ich hoffe nur, dass der oder die keinen Gefallen daran findet."

„Das glaube ich nicht. Das war gezielt. Voller Hass und gut geplant."

„Das sehe ich auch so, aber wer sagt uns denn, dass es den Richtigen getroffen hat? Wer hat ihn gefunden?"

„Seine Kollegin, die liegt aber im Krankenhaus mit einem Nervenzusammenbruch. Personalien haben wir."

„Okay, wer ist von der Pathologie und KTU dran?" fragte Juri.

„Riff Raff. Der vertritt heute beides."

„Du meinst Winterkorn? Dr. Samuel Winterkorn."

„Ja. Ein guter Mann, aber er hat sich den Spitznamen redlich verdient. Wenn man schon beruflich mit Leichen zu tun hat, muss man nicht auch noch so aussehen. Aber wie gesagt, ein guter Mann, vielleicht etwas spooky, aber kompetent.".

„Wir werden ihn brauchen, sei nett zu ihm."

„Krieg ich hin, kein Problem. Juri."

„Wer unterstützt dich?"

„Ich habe alles was ich brauche. Kollegen beschäftigen sich mit den Angestellten und Valerie ist an dem Umfeld dran. Außerdem sind noch Kollegen vom Kriminaldauerdienst, KDD dabei."

„Gut. Ich möchte Winterkorn und das Team um fünfzehn Uhr in meinem Büro zu einer ersten Lagebesprechung sehen. Ich denke, bis dahin müssten die hier schon durch sein.".

„Geht klar. Ich geh dann mal wieder an die Arbeit."

„Bevor ich es vergesse. Kommt von ganz oben. Nichts an die Presse. Hier ist am Wochenende ein internationaler Schwimmwettbewerb, und wir sollen nicht für schlechte Laune sorgen."

„Na, dann hätten wir das Wichtigste ja schon geklärt," konterte Martin und verabschiedete sich.

Juri suchte sich einen Platz in der Schwimmhalle von dem aus er den Tatort gut überschauen konnte. Er versuchte, sich in den Täter hineinzuversetzen und das in der Umgebung, in der der Mord geschah. Diese Chance würde er nicht noch einmal bekommen. Spätestens morgen früh waren hier wieder Badegäste, Schulklassen und nichts würde mehr an die Tat erinnern.
„Okay. Was hast du getan? Du willst jemandem weh tun. Du verabscheust ihn so sehr, dass du bereit bist, alles Menschliche abzulegen. Du bereitest es lange vor. Du spionierst dein Opfer aus und besorgst dir Zugang, um ungehindert die Falle zu bauen. Kein Schuss in den Kopf, keine Messerattacke im dunklen Treppenhaus. Nein, aufwendig, spektakulär und auf Distanz.
Du besorgst die Nägel und präparierst die Rutsche. So etwas schafft man nur bei geschlossenem Bad." Wie kam der Täter rein? Notierte Juri in sein Notizbuch.
„Du bist handwerklich begabt. Zumindest besteht eine Affinität. Die Falle steht. Nun gibt es kein Zurück. Du nimmst in Kauf, dass es den Falschen treffen könnte. Für dich kein Problem, also hast du Informationen, wann

dein Opfer wo ist. Oder ist es dir egal, wen es trifft?"

„Weiter. Die Falle steht. Dein ahnungsloses Opfer geht seiner Routine nach, macht seine Runden und steigt in die Rutsche. Das können nicht viele wissen. Schaust du zu? Dann der Mord: Glückliches Rutschen, eintretender Schock und Tod. Qualen? Wenn der Mörder das Opfer hätte leiden lassen wollen, hätten drei Nägel vermutlich auch gereicht. Aber sechs angeschliffene Stahlnägel? Nein, der Tod stand im Vordergrund. Der Mörder wollte sicher gehen. Vielleicht nur sicher dahingehend, dass die Falle tödlich war, unabhängig davon wen es treffen würde?"

Juri erkannte, dass seinen Spekulationen wenig Wissen zu Grunde lag und beschloss, sich mit traditioneller kriminalistischer Arbeit dem Täter zu nähern. Zuerst die KTU.

Er suchte Dr. Samuel Winterkorn, und steuerte direkt auf ihn zu. Von weitem betrachtet schon eine etwas eigenartige Erscheinung. Er musste seinem Kollegen Martin Rogge recht geben: Wenn er einen Leichengräber im achtzehnten Jahrhundert beschreiben müsste, würde das Bild zu neunzig Prozent von Winterkorn beinhalten. Echt spooky, aber tüchtig.

„Hallo Herr Dr. Winterkorn. Sorry, wenn ich störe, aber ich wollte mal horchen, ob Sie schon etwas für mich haben?"

„Morgen Herr Hauptkommissar Sokolov, aber waren wir nicht mal beim du?"

„Ja, Entschuldigung, Samuel. Wie sieht es aus?"

„Nun, Juri, die Todesursache ist wohl offensichtlich. Ich denke nicht, dass jemand einen toten, zwei Zentner schweren Bademeister da rauf schleppt und ihn dann durch die Rutsche jagt."

Juri fand den Denkansatz von Winterkorn interessant. Besser hätte man eine andere Todesursache oder Kampfspuren nicht verschleiern können.

„Darüber hinaus lässt die Blutverteilung den Schluss zu", fuhr Samuel fort „dass er lebend in die Nägel reingedonnert ist. Mit Glück ist er an einem Schock gestorben. Mit Pech hatte er noch Sekunden, bis er ausgeblutet ist. Bei seiner guten physischen Verfassung eher das Zweite."

„Spuren?"

„Am gesamten Geländer der Rutsche Berge von Fingerabdrücken. Genauso an dem vorderen Teil der Rutsche. An den Nägeln hingegen nichts, Garnichts. Natürlich untersuchen wir die Nägel im Labor noch genauer. Ansonsten habe ich wenig zu bieten."

„Wie lange braucht man, um so eine Falle zu bauen?"

„Der oder die wussten, was sie taten. Die Nägel liegen weit genug auseinander, so dass das Plastik nicht bricht oder reißt. Aber auch nah genug zusammen, so dass es kein Entrinnen gab. Mit einem kräftigen Schlag kann man die Nägel vermutlich schnell durchs Plastik treiben. Sechs Nägel. Für jeden maximal zwei Minuten. In einer Viertelstunde machbar. Das ist aber jetzt nur die Meinung eines Hobbyhandwerkers. Nagel mich da nicht drauf fest!" Samuel freute sich kurz über seinen Wortwitz und fuhr dann fort: „Interessant wird sein, wie er die Nägel da reinbekommen hat."

„Was meinst du?"

„Na ja, er könnte kopfüber in der Rutsche gelegen und die Nägel dann von unten reingetrieben haben. Das ist aber schon eine gewaltige Zirkusnummer. Wahrscheinlicher ist, dass er sich mit einer Hand an der Rutsche festgehalten und dann, mit einer Nagelpistole die Nägel von unten reingeschossen hat. "

„Ist aber auch nicht gerade einfach."

„Auf keinen Fall. Muckis muss er gehabt haben. Vielleicht einer von diesen Freeclimbern? Du weißt schon, diese Typen, die sich mit zwei Fingern in tausend Metern Höhe an der Felswand festhalten und nebenbei frühstücken."

„Und? Ist seine Exfrau zufällig Freeclimberin?"

„Keine Ahnung, Juri, aber so einfach wird es wohl nicht werden. Sobald mir Ergebnisse vorliegen, melde ich mich."

„Wäre prima, aber ich möchte trotzdem, dass wir uns so gegen fünfzehn Uhr in meinem Büro treffen. Ich muss mir einen Überblick verschaffen. Die anderen werden auch da sein."

„Geht klar, bis dahin."

Juri suchte den Rest seiner Truppe und erspähte auf der Rückseite des Schwimmbeckens seine Kollegin Valerie Schnitt. Valerie hatte als Kommissar Anwärterin unter seiner Leitung begonnen und sich bei ihrem ersten Fall erfolgreich ihre „Sporen" verdient. Inzwischen hatte sie sich zur Oberkommissarin und einer kompetenten Kriminalistin bei der Mordkommission gemausert. Sie sah immer noch verdammt gut aus und in der Kantine liefen Wetten, wer sie zuerst „flachlegen" würde. Aber nach seinem Kenntnisstand gab es bis jetzt noch keinen glücklichen Gewinner. Nun sagte der Kantinentratsch, dass sie entweder lesbisch oder frigide sei. So viel zum Thema Sexismus, Gleichberechtigung und geistige Spannbreite einiger Kollegen. Nicht dass Juri sich nicht vorstellen konnte, wenn er nicht verheiratet gewesen wäre, sich einer hübschen Kollegin zu widmen, aber Wetten und üble Nachrede waren dann doch nicht sein Niveau. Er ging auf Valerie zu, wartete das Ende des Gesprächs ab und begrüßte sie.

„Hallo Valerie, wie läuft es bei dir?"

„Hey. Juri, du kommst genau richtig. Ich denke, wir haben da etwas, was dich interessieren könnte."

„Hört sich gut an, schieß los."

„Du hast sicher schon mit Samuel gesprochen. Also die Vorgehensweise des Täters, die Nägel in der Rutsche und so weiter."

„Ja, ich denke ich bin einigermaßen auf Stand."

„Prima, dann hat dich die Frage: Wie ist er reingekommen und oder wie hat er es in Ruhe machen können, auch schon gequält."

„Genau, ein wesentlicher Punkt bei diesem Verbrechen".

„Ganz einfach: Er oder sie hat sich einschließen lassen…"

„Unwahrscheinlich. Das Bad ist gut gesichert durch Kameras und Bewegungsmelder etc.…"

„Juri, vielleicht mal zwei Minuten zuhören?"

Juri merkte, dass die positive Entwicklung auch vor ihrer Persönlichkeit nicht Halt gemacht hatte. Keine Unsicherheiten oder Zurückhaltung, wenn es um die Sache ging. Er hatte einen wesentlichen Teil ihrer Persönlichkeit geprägt und war mit dem Ergebnis weitestgehend zufrieden. Auch wenn man seinem Vorgesetzten gegenüber etwas freundlicher sein könnte.

„Okay, sorry, Valerie."

Ein kurzes Lächeln huschte über ihre Lippen und ihre Augen blitzen auf. Sie verstand, was er meinte.

„Also, er hat sich einschließen lassen und vermutlich die Kameras und Bewegungsmelder manipuliert."

„Vermutlich?"

„Wir haben uns natürlich die Überwachungsbänder und die Alarmprotokolle der Sicherheitsfirma geben lassen. Nun ist das so, dass das Bad so gegen zweiundzwanzig Uhr schließt. Die Spätschicht kontrolliert persönlich, ob das Bad leer ist. Dann gibt es zum Schluss noch einen Abgleich über die Zutrittssysteme. Das bedeutet: Theoretisch muss die Zahl der eingehenden Badegäste mit der Zahl der ausgehenden Badegäste übereinstimmen. Dem war gestern so. Somit wurde die gesamte Schwimmhalle „scharf" geschlossen. Nun haben wir mehrere Probleme: Erstens, die Überwachungskameras. Sämtliches Bildmaterial zwischen drei Uhr morgens und Dienstbeginn ist unbrauchbar. Das heißt: der Täter hat sich mehrere Stunden Zeit genommen, um seine Tat vorzubereiten. Wie er die Aufzeichnungsbänder zerstört hat, werden die Techniker klären. Dazu gibt es nachher mehr."

„Okay, erzähl weiter."

„Die Bewegungsmelder. Die beiden relevanten Bewegungsmelder wurden mit einem banalen Zahnarztspiegel manipuliert. Ist jetzt nicht so ein Zauberkunststück. Die Anlagen sind extrem veraltet. Das Besondere ist nur, dass keiner sagen kann, wann diese Geräte manipuliert wurden."

„Wie meinst du das?"

„Eigentlich so wie ich es sage. Solange die Dinger keine Störungsmeldung anzeigen, schaut sich die keiner an. Und die Wartung findet alle sechs Monate statt. Um genau zu sein, hat sie vor drei Monaten stattgefunden."

„Das bedeutet, dass der oder die Täter durchaus eine lange Vorbereitungszeit gehabt haben könnten."

„Genau, Juri, und das vervielfacht natürlich den Kreis der potenziellen Verdächtigen. Vielleicht auch ein Komplize aus dem Schwimmbadteam. Der alles unterstützend vorbereitet hat."

„Vielleicht ist der Gehilfe oder sogar der Täter bei der Manipulation gefilmt worden." ergänzte Juri.

„Den Gedanken hatten wir auch schon. Wir werden uns die vergangenen Tage anschauen aber die Bänder werden im Wochenrhythmus gelöscht."

„Klar, wäre auch zu schön gewesen. Gute Arbeit, Valerie. Sehen wir uns nachher gegen fünfzehn Uhr in meinem Büro?"
„Natürlich, Juri. Bis dahin."

Juri besorgte sich noch einige Informationen und verließ dann den Tatort. Draußen hörte er seine Mailbox ab. Bei der Sprachnachricht vom Kriminaldauerdienst (KDD) bekam er die Information zu einer weiteren Leiche und rief umgehend zurück.
„Polizeiobermeisterin Strauß. KDD Einsatzzentrale."
„Hauptkommissar Sokolov. Ich habe Ihre Nachricht erhalten."
„Danke für den Rückruf, Herr Hauptkommissar. Wir haben eine weibliche Leiche. Die Adresse habe ich Ihnen als Memo auf ihr Handy geschickt."
„Ist der Hauptkommissar Dudeck als leitender Ermittler vor Ort?"
„Ja, er hat bereits alles Nötige veranlasst und wartet am Tatort auf Sie."
„Prima, danke. Ich fahre jetzt ruber."
„Keine Ursache, Herr Hauptkommissar."

Nachdem Juri den Tatort am Winterhuder Weg erreicht hatte, erkundigte er sich bei einem Beamten nach seinem Kollegen Hauptkommissar Peter Dudeck, alias Locke, da er kein einziges Haar mehr auf dem Kopf hatte.

„Hey, Juri, gut, dass du da bist."

„Moin, Locke, ich hoffe, du hast mal was Positives. Ich hatte heute Morgen schon wieder eine Begegnung der dritten Art."

„Ich weiß. Ich habe vorhin mit Martin telefoniert. Aber was Positives bei einer Leiche?"

„Na ja, vielleicht ist der Mörder daneben eingeschlafen und nun geständig."

„Sorry, Juri. Ich denke, diese Nummer wird dir den Tag komplett versauen. Das ist nun die zweite Frauenleiche innerhalb von sechs Monaten. Nehmen wir die aus Rotterdam und Bremen dazu, sind es bereits vier. Ich bin mir sicher, wir haben eine Serie."

Juri wollte keinen Serienkiller in seinem geliebten Hamburg. Es wäre sein erster in seiner Zeit als Leiter der Mordkommission und er hatte immer gehofft, dass das an ihm vorbei gehen würde.

„Seid ihr in der Wohnung fertig?"

„Ja, die Jungs sind durch mit der Spurensicherung, wir können rein."

Juri betrat die Wohnung und ihm stieß der wohlbekannte, beißende Geruch von Verwesung in die Nase. Eine Altbauwohnung. Von dem langen Flur gingen drei Zimmer und ein kleines Badezimmer ab. Am Ende eine geräumige Küche. Die Einrichtung der Wohnung eher nützlich als gemütlich oder gar schön. In jedem Zimmer war das Bett der Mittelpunkt. Ohne dass Locke es erwähnte, ahnte Juri, dass es sich hier um ein Privatbordell handelte. Das hintere Zimmer war der Tatort. Auf dem Bett eine fast nackte Frauenleiche. Ihr Gesicht bis zur Unkenntlichkeit entstellt und der Körper übersät mit Hämatomen und Leichenflecken. Das Kopfkissen vollgesogen mit Blut.

„Wer hat die Leiche gefunden?"

„Die Nachbarn haben die Kollegen gerufen, wegen dem Gestank."

„Todeszeitpunkt?"

„Schwierig. Nach erster Beschau ungefähr eine Woche, plus minus ein bis zwei Tage."

„Okay, dann lass uns mal ein paar Fenster aufreißen. Ich denke, wir setzen uns in die Küche. Vielleicht kann einer unserer jungen, aufstrebenden Kollegen oder Kolleginnen einen Kaffee für uns auftreiben?"

Locke gab dem Polizeimeister, der an der Eingangstür stand, ein Zeichen.

„Okay, Locke, dann schieß mal los mit dem, was wir haben."

„Zuerst zu der Verstorbenen. Name: Marina Meinstedt, fünfunddreißig Jahre, Geburtsort Hamburg. An dieser Adresse seit zwei Jahren als Prostituierte registriert. Die Todesursache? Vermutlich ein mehrfacher Schädelbasisbruch. Wobei sie auch sehr viel Blut verloren hat. Der Täter hat ihr mit einem Gegenstand den Schädel eingeschlagen und das Gesicht zertrümmert. Die Blutspuren belegen das. Nachdem das Opfer bewegungsunfähig war, hat er sie auf das Bett gelegt.“

„Hört sich mehr nach einer Milieu- oder Beziehungstat an. Wie kommst du darauf, dass das unser Mann ist?“

„Weil er dem Opfer, wie bei den anderen auch, den Mund mit einem Stück Draht verschlossen hat. Er durchstach, wie bei einem Stopf- oder Strickmuster, die Lippen mehrfach und verdrehte den Draht dann zum Schluss so, dass der Mund fest geschlossen war. Deswegen auch das viele Blut auf dem Kopfkissen. Ich vermute er hat es hinterher gemacht.“

„Könnte aber trotzdem ein Zeichen zum Schweigen oder so etwas sein.“

„Natürlich, Juri, alles schon da gewesen. Aber diese Bude hier sieht nicht so aus, als wenn es sich hier um Zwangsprostitution handelt. Ich denke, die geben dem Eigentümer eine tägliche Abstecke und dafür lässt er sie machen.“

„Die? Wie viele schaffen hier denn an?“

„Nach jetzigem Kenntnisstand sind sie zu zweit. Wir haben die andere Dame auch erreicht. Sie ist seit zwei Wochen auf Teneriffa. Wird aber morgen oder spätestens übermorgen wieder hier sein.“

„Hast du mit ihr gesprochen? Hat sie eine Idee? Zuhälter, Stammfreier oder so etwas?“

„Nein, die vom KDD haben sie erreicht. Demnach war die Dame entsetzt und wollte mit dem nächsten Flieger wieder zurück nach Hamburg."

„Großartig, sonst irgendetwas? Spuren?"

„Klar, diverse Spermaspuren, diverse Körper- und Schamhaare und eine Vielzahl von Fingerabdrücken. Diese Hütte ist der reinste Zirkus. Leider noch wenig dabei, was uns weiterbringt."

„Wie heißt die andere?"

Locke blätterte in seinem Notizbuch: „Birgit Fürth, vierundzwanzig Jahre, auch hier registriert."

„Die nimmst du dir als Erstes vor, wenn sie wieder hier ist. Vielleicht gab es Ärger mit Zuhältern oder Stammfreiern. Ich will, dass wir jeder Spur nachgehen."

„Juri, nun komm mal wieder runter. Wir machen das hier nicht zum ersten Mal. Mir gefällt es auch nicht, aber glaub mir, er ist es!"

Juri wusste, dass Locke recht hatte. Solche Vorgänge waren viel zu unwahrscheinlich, als dass sie sich wiederholen könnten, ohne dass ein Zusammenhang bestand. Nach einer kurzen Pause reagierte Juri auf Lockes Ausführungen: „Wahrscheinlich hast du recht. Bitte kläre dieses Tatmuster mit dem ab, was wir bereits haben. Wenn sich die Serie erhärtet, möchte ich, dass du die Leitung in diesem Fall übernimmst. Du hattest doch schon Kontakte zu Bremer bzw. Holländischen Kollegen, wegen der ersten Leiche. Bitte stelle eine Soko zusammen. Wenn irgendjemand Probleme macht, soll er mich anrufen. Ausgenommen von Martin und Valerie kannst du jeden haben. Die sollen den Fall im Schwimmbad übernehmen. Was sagst du zu Hans vom LKA als Unterstützung? Der hat schon Erfahrung auf dem Gebiet. Könnte nicht schaden, oder?"

„Kompetenter Ermittler, ich habe schon öfter mit ihm zusammengearbeitet."

„Dann funk` noch diese Profilerin an. Bei der wir den Lehrgang hatten. Du weißt schon. Elke irgendwas?"

„Sie heißt Prof. Dr. Elke Vogelkern. In Abwesenheit wurde sie aber nur Vogelhirn genannt."

„Genau, Locke, die meine ich. Nickelbrille, Pieps Stimme, aber auf ihrem Gebiet eine echte Koryphäe."

„Klar, warum nicht. Auch ein blinder Vogel..."

„Locke, keine Diskriminierung! Du weißt, ich muss dieses Jahr noch zwei Kollegen zum Genderseminar abkommandieren. Also, sei lieber nett zu mir und deinen Kollegen und Kolleginnen!"

„Wenn du mir das antust, Juri, werde ich umgehend meine hundertsiebenundachtzig Überstunden abfeiern und den Rest meiner Dienstzeit einen auf taubstumm machen!"

„Okay, okay, lieber Locke. Habe ich dir schon gesagt, wie sehr ich deine Arbeit schätze und dass du ein unverzichtbarer Kollege für die ganze Hamburger Polizei bist."

„Ja, ja, du mich auch."

„Gut, Locke, ich muss jetzt weiter. Bekommst du was bis achtzehn Uhr zusammen?"

Locke schaute auf die Uhr und nickte dann.

„Ich denke, bis dahin werde ich ein Team und einen ersten Überblick zusammen haben."

„Prima, wir sehen uns dann gegen achtzehn Uhr."

„Wo geht's hin?"

„Ich muss in die Pathologie. Da gibt's eine weitere Leiche. Vermutlich im Zusammenhang mit häuslicher Gewalt."

„Na, das nenn ich doch mal einen Wochenstart."

„Hör bloß auf. Okay, dann gehört der ganze Laden hier dir. Ich rausch dann mal ab. Bis nachher."

„Geht klar, Juri, bis dahin."

Der Fall in der Pathologie war zwar auch ein Drama, aber wenigstens musste außer Papierkram und der Aufnahme eines Geständnisses nicht mehr viel gemacht werden. Ein Mann hatte betrunken seine Freundin zusammengeschlagen und anschließend mit einem Küchenmesser niedergestochen. Nach Angaben der Kollegen hatte der Mann schön öfters zugeschlagen. Diesmal war es einmal zu viel. Sie verblutete auf dem Weg ins Krankenhaus, während er im ständigen Polizeigewahrsam seinen Rausch ausschlief. Es gab Nachbarn, die den Streit gehört hatten, Fingerabdrücke auf der Tatwaffe und Blutflecken auf der Kleidung. Vermutlich vom Opfer. Hier bekam der Ausdruck vom bösen Erwachen eine sehr direkte Bedeutung. Juri tröstete sich damit, dass für diesen Typen die Woche noch beschissener anfing. Nachdem er sich in der Pathologie kurz mit der zuständigen Pathologin ausgetauscht hatte, machte er sich auf den Weg ins Präsidium.

Während der Fahrt dachte er an den Serienmörder. Für ihn waren Serienmörder Menschen, die oft als Kind von Vielem zu wenig bekommen hatten und nun dem Rest der Welt dafür die Rechnung auf den Tisch legten. Außerdem waren sie unsichtbar: Sie tauchten irgendwo auf, begingen ein Verbrechen und dann verschwanden sie wieder in ihrer Normalität. Oft mit Familie, Beruf und normalem Umfeld. Er ahnte, dass diese Geschichte ihn noch lange beschäftigen würde.

Die Zeit bis zur fünfzehn Uhr Besprechung hatte Juri noch mit seiner Assistentin Pia Long verbracht und seinen Papierkram erledigt. Zehn nach drei betrat er den Besprechungsraum. Anwesend waren: Samuel Winterkorn,

Leiter der Pathologie, Hauptkommissar Martin Rogge, leitender Ermittler, Oberkommissarin Valerie Schnitt als auch der Leiter der KTU, Hauptkommissar Norbert Finkbein.

„Moin, Leute. Schön, dass ihr es pünktlich geschafft habt. Wie ich sehe, habt ihr den Kaffee und die guten Kekse schon gefunden. Da wie immer die Zeit drückt, werde ich gleich loslegen. Es sei denn, vorab sind noch Fragen?"
„Wo ist der Rest der Truppe?"
„Komme ich gleich zu, Samuel. Sonst nichts? Prima. Also zuerst kurz den Verwaltungskram. Die Eiserne hat mich angeschrieben, dass noch Überstundenzettel, Fahrtkostenabrechnungen und sonstige Quittungen fehlen. Bitte kümmert euch selbst darum. Ihr wisst ja, ohne Beleg keine Kohle. Ich zeichne es ab und dann reicht ihr es bei der freundlichen Dame ein."
„Wer ist die Eiserne?", fragte Samuel Martin.
„Die Eiserne? Das ist Frau Martina Bleihorn, Abteilungsleiterin des Bereichs Finanzierung und Budgetierung. Die lebt in der festen Überzeugung, dass wir Polizisten den ganzen Tag auf Kosten der Steuerzahler mit dem Taxi durch die Stadt bummeln. Bei der gibt es keinen Pfennig ohne Beleg und mindestens fünf Unterschriften. Ein echt süßes Zweizentnermäuschen."

„Danke, Martin. Sehr treffende Ausführung. Wo wir gerade bei dem Zweizentnermäuschen sind. Ich brauche noch zwei Freiwillige für die Besetzung des diesjährigen Genderseminars. Wie sieht es aus, Martin? Fünf fantastische Tage in dem schönen Hannover? Nein? Vielleicht trefft ihr den Maschmeyer oder den Wulff. Keiner? Na gut, stellen wir das erst mal hinten an.

Dann zum Job: Vermutlich hat es sich schon herumgesprochen, dass wir eine weitere Frauenleiche haben. Der Tathergang hat sehr große Ähnlichkeit mit anderen Frauenmorden. Deswegen gehen Locke, der den Fall leitet, und ich davon aus, dass wir eine Serie haben. Das bedeutet: Martin, du bleibst leitender Ermittler bei dem Schwimmbadfall. Du wirst mit Valerie die Sache wohl vorerst allein schaukeln müssen. Natürlich bekommt ihr vom KDD personelle Unterstützung für die Laufarbeit, aber viel mehr wird nicht drin sein. Für euch, Samuel und Norbert, bedeutet das, dass die Serie in jeder Beziehung Vorrang hat. Das Team zu der „Soko Draht" trifft sich um achtzehn Uhr im Besprechungsraum II. Ich möchte, dass ihr, Samuel und Norbert, dabei seid. Ach Martin, noch eine Sache: du hast gegen späten Abend noch eine Vernehmung. Der Typ schläft noch sein Rausch aus. Es ist fast sicher, dass er seine Freundin im volltrunkenen Zustand niedergestochen hat.

Knöpf ihn dir vor, sobald er wach wird. Vermutlich wird er plärren und um Gottes Beistand bitten. Erzähl ihm etwas von Totschlag und milderen Umständen. Ich will ein sauberes Geständnis, damit die Sache schnell vom Tisch ist."

„Wird schon funktionieren, Juri. Wo ist die Akte?"

„Liegt auf meinem Schreibtisch. Haben wir eigentlich schon die Ergebnisse zu der Tatwaffe und den Fingerabdrücken? Norbert? "

„Tatwaffe ist wie vermutet das Küchenmesser. Die Fingerabdrücke darauf sind seine. Das Blut auf seiner Kleidung stammt vom Opfer. KTU- und Obduktionsbericht liegen auf deinem Schreibtisch."

„Siehst du, Martin. Hol dir die Akte und dann mach den Deckel drauf."

„Okay. Ich hoffe nur, der pennt nicht die ganze Nacht."

„Prima. Wenn dann nichts mehr ist, würde ich mich gerne unserem entmannten Bademeister widmen. Martin, bitte, wie siehts aus?"

„Das Opfer, Andreas Graupner, fünfundvierzig Jahre alt, geschieden, keine Kinder. Aktenkundig wegen Verstoß gegen das Betäubungsmittelgesetzt und Förderung der Prostitution. Wir haben uns seine Akte genauer angeschaut. Das ist weitestgehend harmlos. Seine damalige Lebensgefährtin hat ihn angezeigt, weil er wohl versucht hat, sie auf den

Strich zu schicken. Offensichtlich nicht gewaltfrei. Dann haben sie auch noch Kokain bei ihm gefunden. Geringe Menge. Dann gab es Täter-Opfer-Ausgleich und ein Jahr auf Bewährung. Mehr ist bei uns nicht über ihn bekannt. Nach Angaben seines Arbeitgebers ist er seit über fünf Jahren als Bademeister angestellt. Interessant vielleicht noch, dass es zwei Abmahnungen gab. Kolleginnen hatten ihn unabhängig voneinander wegen Sexismus bei der Schwimmbadleitung angezeigt. Ist aber im Sande verlaufen. Die haben sich in ein anderes Schwimmbad versetzen lassen. Die Namen habe ich bereits. Ich denke, wir werden sie morgen kontaktieren und mit ihnen reden. Darüber hinaus hat mir ein Kollege von dem Opfer gesteckt, dass der Tote wohl einen Großteil der weiblichen Belegschaft glücklich gemacht hat. Moment." Martin blätterte in seinem Notizblock. „Hier haben wir ihn. Thorsten Krause, vierzig Jahre, auch Bademeister, nicht aktenkundig. Er will mir bis übermorgen eine Liste der beglückten Damen zuschicken. Ein echter Polizeifreund. Konnte es gar nicht erwarten zu helfen."

„Ist dieser Krause verdächtig? Traust du ihm den Mord zu?"

„Nein, Juri, eher unwahrscheinlich. Das ist der Typ Neidhammel und Denunziant. Unser Mörder hat lange geplant, vorbereitet und dann brutal getötet. Ich denke, unser Mörder ist ein anderes Kaliber. Außerdem hat der Typ zur Tatzeit angeblich bei seiner Frau gepennt. Wir werden morgen alle Alibis der Beschäftigten überprüfen."

„Okay, Martin. Also haben wir nichts außer viel Arbeit. Ich weiß, die Zeit war knapp, aber vielleicht noch etwas Konkretes? Valerie, haben deine Befragungen schon etwas gebracht?"

„Nein, nicht wirklich. Ich habe noch mit dem Hausmeister geredet, der ist aber nach eigenen Angaben für nichts verantwortlich und hat auch wenig Ahnung. Wir werden ihn überprüfen. Für morgen habe ich einen Termin bei seinem Chef. Der ist Leiter der Haustechnik und verantwortlich für die Bewegungsmelder und die Schließanlage. Vielleicht kann der uns über die Manipulationen mehr sagen. Der Rest geht routiniert mit Unterstützung des KDD voran. Überprüfung der Alibis der Beschäftigten, Ex-Geliebten usw... Zum Ablauf: Nach Aussage einiger Kollegen hatte das Opfer immer die gleiche Routine. Vor Öffnung des Bades mehrere Bahnen schwimmen und vor dem Schwimmen, rutschen. Bringt uns nicht viel weiter, ausgenommen die Tatsache, dass der Täter das Opfer Minimum ausspioniert haben muss. Oder noch besser: Täter und Opfer waren Kollegen, Bekannte, Freunde. Das würde den Täterkreis enorm einschränken. Ach so, eine Sache noch. Ich werde mir morgen die Wohnung des Opfers anschauen. Wenn jemand Lust hat mitzukommen? Juri?"

„Sprich mich morgen noch mal an. Ich würde mir das gerne anschauen. Oder willst du, Martin?"

„Wäre auch gerne dabei, aber wann?"

„Okay, dann telefonieren wir uns morgen zusammen. Samuel? Hat die Untersuchung des Opfers, etwas ergeben was nicht offensichtlich ist?"

„Nein. Nur dass keine Rückstände im Blut zu finden waren. Der ist völlig nüchtern und gesund in sein Verderben gerutscht. Alles andere, wie zum Beispiel die Todesursache, Schnittwunden als auch Verletzungen sind selbsterklärend. Naja, bei sechs angeschliffenen Stahlnägeln."

„Hat die KTU bei den Nägeln etwas gefunden, Norbert?"

„Da sind die noch dran, Juri. Aber augenscheinlich nichts Außergewöhnliches. Handelsübliche Form. In jedem Eisenwarenladen zu bekommen. Auch an den manipulierten Bewegungsmeldern keine Spuren. Das Magnetband von den Überwachungskameras überprüfen wir noch. Wenn wir rausbekommen, wie er es manipuliert hat, haben wir vielleicht einen Ansatz. War aber bestimmt nicht schwierig. Die Technik ist veraltet und schwerpunktmäßig auf die Eingangstüren und die Umkleidekabinen ausgerichtet. Warum auch nicht: Wer stiehlt schon einen zehn Meter Sprungturm oder hunderttausend Liter Wasser?

Er oder sie hat auch einen deutlichen Hang zum Drama. So einen Auftritt muss man wollen. Das hätte er oder sie einfacher haben können."

„Worauf willst du hinaus, Norbert?" fragte Valerie.

„Nun, bei dem Opferprofil: Frauenheld und Hobbyzuhälter, sowie der Tatsache, dass seine Genitalien das Hauptziel waren, als auch die gewährte Gnade, ihm einen zwar grausamen, aber auch relativ schnellen Tod zuzugestehen, deutet für mich eindeutig auf ein gebrochenes Herz. Egal, ob männlich oder weiblich."

„Aber Beziehungsdramen, also bindungsemotionale Auslöser mit Todesfolge, werden fast immer im Affekt oder zumindest kurzfristig ausgeführt. Bei Gewaltverbrechen mit Todesfolge im familiären und oder sozialem Umfeld liegen nicht mehr als zweiundsiebzig Stunden zwischen Auslöser und Umsetzung. Im Regelfall sogar noch weniger als vierundzwanzig Stunden. Hier hat sich der oder die Täter Wochen oder gar Monate für die Vorbereitung und Umsetzung Zeit gelassen."

„Guter Einwand, Valerie," mischte Martin sich ein, „aber vielleicht hat er ihm oder ihr nicht nur das Herz gebrochen? Wer so brutal mordet, hat nicht nur eine Scheißwut im Bauch oder fühlt sich emotional zurückgesetzt. Nein, dieser Mensch hasst so sehr, dass alles andere in den Hintergrund tritt und nur das Aufschlitzen unseres Bademeisters Erlösung verspricht."

„Oder er ist einfach nur irre. Wobei das eine das andere nicht ausschließt." ergänzte Samuel.

Juri unterbrach die Stille, die nach den Ausführungen eingetreten war, mit den Worten: „Könnte alles gut sein, aber lass uns bitte bei dem bleiben, was wir wissen und beweisen können. Wenn dann nichts mehr ist, erst mal danke bis hierher. Norbert und Samuel, wir sehen uns gleich noch bei der Soko Draht. Valerie, Martin, wir schnacken sowieso noch."

Juri nutzte die verbleibende Zeit, sich wiederholt mit seiner Assistentin Pia über eingegangene Anrufe und liegengebliebenen Papierkram auszutauschen. Pia Long war für ihn ein unverzichtbarer Dreh- und Angelpunkt. Von solcher Unterstützung – einer eigenen kompetenten Assistentin – hatte er als leitender Ermittler nur geträumt. Nun, als Chef der Mordkommission, stand ihm dieses Privileg zu und Pia Long war ein Volltreffer. Er hatte sie von seinem Vorgänger, Polizeirat Frank Lehmgow, übernommen. Dieser hatte Pia

wärmstens empfohlen und da sie nicht mit-
aufsteigen wollte, hat er sie angeheuert. Sie
ist gebürtige Holländerin und mit einem Chi-
nesen verheiratet, spricht mehrere Sprachen
und verfügt über bemerkenswerte Qualitäten
in den Bereichen Organisation und Planung.
Was für Juri ein Segen war, denn der vorherr-
schende Formalismus bei der Hamburger Polizei war völlig überdimensioniert und ein absoluter Zeitfresser, zumindest nach Juris An-
sicht. Pia wäre lieber in ihrer holländischen
Heimat geblieben, aber ihr Mann war beruflich in Deutschland angebunden. So haben
sie sich für Hamburg als dauerhaftes Domizil
entschieden. Neben ihrem Talent für Organisation und Planung schätze Juri auch ihr at-
traktives, gepflegtes Erscheinungsbild, welches im Präsidium für reichlich Gesprächs-
stoff sorgte. Natürlich war Juri nicht frei von
diesen Dingen und er erwischte sich hin- und
wieder dabei, wie er ihre Konturen musterte,
doch im Bruchteil einer Sekunde hatte er sich
wieder im Griff und beschäftigte sich mit
dem, wofür er bezahlt wurde. Mörder fangen.
„Pia, ich habe die „Soko Draht" um achtzehn
Uhr im Besprechungsraum II. Bitte setz dich
mit den Kollegen in Holland und Bremen in
Verbindung und erkundige dich nach dem
Stand der Ermittlungen bei den Frauenlei-
chen mit eingeschlagenem Gesicht und ver-
drahtetem Mund. Vielleicht haben die etwas,

was uns von dem Serienkiller befreit. Darüber hinaus stoße das verwaltungstechnische Prozedere für die Einrichtung einer Soko an. Du weißt schon: Informationen an Vorgesetzte, Datenbankabgleiche, Einbindung anderer Dienststellen, Amtshilfeersuchen, na du weißt schon. Das ganze Programm eben."

„Geht klar. Soll ich dir auch gleich einen Termin beim Chef besorgen? Der möchte bestimmt informiert sein. Du kennst ihn besser als ich!"

„Eigentlich auch nicht wirklich, aber gut, mach das. Aber bitte möglichst lange rauszögern. Ich habe so schon genug Schreibkram. Versuch es auf morgen oder übermorgen Abend zu verschieben."

„Okay, ich tue was ich kann. Übrigens ist es bereits achtzehn Uhr dreißig. Wird etwas eng bis achtzehn Uhr."

„Ach Gott, ich fliege. Mach nicht zu lange. Bis morgen."

„Bis morgen, Juri. Ich brüh dir noch einen starken Kaffee für später, damit du die Nacht durchstehst."

„Feiner Zug von dir, kann ich bestimmt gebrauchen."

Juri betrat den Besprechungsraum II, wo bereits Locke als leitender Ermittler, Samuel Winterkorn von der Pathologie, Norbert Finkbein von der Hamburger KTU, Hans Werner als Sonderermittler vom LKA und Frau Prof. Dr. Elke Vogelkern als freiberufliche Kriminalpsychologin und Profilerin angeregt die Vorfälle diskutierten.

„Moin allerseits und Entschuldigung für die Verspätung. Die gute Nachricht vorweg: Pia bestellt belegte Brote und kalte Getränke. Ich denke, ihr wisst was das heißt? Es wird spät! Aber eins nach dem anderen. Vorab möchte ich euch Frau Prof. Dr. Elke Vogelkern vorstellen. Sie wird uns bei der Suche als Profilerin unterstützen."

„Juri." unterbrach Locke, „wir haben die Zeit genutzt: wir haben uns gegenseitig bekannt und mit den Vorkommnissen vertraut gemacht. Weiterhin darauf geeinigt, dass wir uns duzen. Nur so als Tipp, bevor du alles wiederholst."

Locke ließ Juri etwas doof dastehen und Juri merkte, wie es an seinem Ego kratzte, doch genau genommen war es das, was er von seinen Mitarbeitern erwartete: Eigeninitiative und Dienst an der Sache. Doch in dieser Runde konnte er das nicht so hinnehmen. Auch wenn er mit Locke gut befreundet war und seine Arbeit sehr schätzte, konnte er sich eine Retourkutsche nicht verkneifen.

„Prima, Locke, das spart uns wertvolle Zeit. Eine Sache noch vorweg: die Anmeldung für das Genderseminar in Hannover hat geklappt. Pia hat die Daten."

Locke reagierte nur mit einem Lächeln und seinem „du-kannst-mich-mal-Blick".

„Okay, Spaß beiseite. Unser Mann ist fleißig in seinem mörderischen Handwerk und nach aller Erfahrung, die wir mit dieser Art Verbrechen haben, wird er oder sie nicht einfach so aufhören. Locke, hast du schon mit den Kollegen, die die anderen beiden Mordfälle bearbeiten, gesprochen. Bring uns doch mal auf Stand."

„Klar, Juri. Zuerst das Opfer in Rotterdam: Die Kollegen haben einige Bilder gefaxt. Ich reiche sie mal rum. Das Opfer: Bettina Kapfkleen, neununddreißig Jahre alt, geschieden, Mutter einer Tochter, seit zehn Jahren als Prostituierte in Rotterdam gemeldet. Bei den Ermittlungen gab es keine Verbindungen oder Verdächtige in dem sozialen Umfeld. Weder beruflich noch privat. Die Brutalität hat in Rotterdam sehr viel Aufsehen erregt, somit haben die holländischen Kollegen sich schwer reingehängt, aber leider nichts gefunden was von Belang war."

„Spuren?" fragte Hans vom LKA.

„Reichlich: Spermarückstände, Kopf- und Schamhaare, Hautpartikel und Berge von Fingerabdrücken. Der Fundort war ihr Arbeitsplatz und da gehen täglich reichlich Leute ein und aus. Darüber hinaus haben die wohl auch an einer Putzfrau gespart."

„Keine Verdächtigen?"

„Viele, Hans. Ihr „Beschützer" stand zuerst im Fokus, aber der hat ein sicheres Alibi. Zur Tatzeit war der gar nicht in Rotterdam. Auch die Untersuchung des Umfeldes hat nichts ergeben. Die routinemäßige Abfrage der DNA-Datenbank ergab zwei Treffer. Die Vernehmungen waren aber erfolglos, die beiden hatten ein sicheres Alibi für die Tatzeit."

„Pia hat die Akten bereits aus Bremen und Rotterdam angefordert. Wenn die hier sind, ich hoffe morgen, dann können wir uns die Vernehmungsprotokolle vornehmen. Haben die was von Zeugen erzählt?"

„Auch da Fehlanzeige, Juri. Die eine hat ein Auto gehört, die andere einen Mann mit Hut gesehen. Dann noch ein Fußabdruck im Garten. Problematisch ist und das haben alle Fälle gemeinsam, also unsere beiden in Hamburg, der in Rotterdam und der in Bremen: die Orte und die Zeitpunkte für die Morde waren immer gut gewählt. Alle tagsüber, soweit wir wissen, als auch in Etablissements, die wenig Zeugen garantieren. Es handelt sich meistens um Prostituierte, die in Privatwohnungen anschafften. Also kein Klub, Straßenstrich oder Laufhaus, wo man seinen Nachbarn begegnen könnte."

„Wo du gerade Bremen erwähnst. Was haben wir von dort?"

„Eigentlich das gleiche in grün, Juri. Das Opfer: Marianne Vogt, einunddreißig Jahre, geschieden, seit acht Jahren als Prostituierte in Bremen gemeldet. Viele Spuren am Tatort, kein Verdächtiger, der sich herauskristallisiert hat. Für die beiden Hamburger Fälle habt ihr eine Zusammenfassung auf dem Tisch. Inhaltsschwer und spannend zu lesen. Leider nutzlos. Noch zumindest." vollendete Locke seine Ausführungen nach einer schwermütigen Pause.

„Na gut, dank dir Locke für die Einstimmung. Dann lasst uns mal den Spieß umdrehen. Was wir brauchen sind Gemeinsamkeiten, damit wir dem Täter ein Profil geben können. Dass es sich hier um die oder den gleichen Täter handelt, ist außer Frage. Diese Brutalität, einer toten Frau den Mund mit Draht zu verschließen, das gibt es nicht zweimal. Hoffe ich zumindest. Elke, fällt dir dazu schon etwas ein?" fragte Juri.

„Es ist mit Sicherheit noch zu früh etwas Konkretes zu sagen. Außerdem muss ich mir die Fotos und Akten noch genauer anschauen."

„Schon klar, Elke. Aber vielleicht ein erster Eindruck? Irgendetwas?" erwiderte Juri leicht genervt.

„Na gut, aber auf Grundlage des jetzigen Kenntnisstands und ohne Gewähr."

„Aber natürlich, liebe Elke. Wir wollen doch nichts überstürzen." ergänzte Hans und fing sich einen missbilligenden Blick von Juri ein.

„Na gut, wenn Ihr so drängelt."

„Bitte, Elke, jetzt aber." flehte Juri.

Prof. Dr. Elke Vogelkern holte tief Luft und begann mit ihren Ausführungen:

„Das, was man als Erstes über den Täter behaupten könnte, wäre, dass er vermutlich ein notorischer Sexkäufer ist und diese Situationen zum Ausspionieren der Opfer nutzt."

„Du meinst, er kannte die Opfer näher?" hakte Samuel nach.

„Das denke ich auch!" bestätigte Hans. „Es gibt nichts Unauffälligeres, als sich bei einer Dame beglücken zu lassen und dann wieder in der Anonymität zu verschwinden. Andererseits gibt es nichts Auffälligeres als um ein Prostituiertennest herumzuschleichen. Spanner sind nicht sonderlich gefragt und ziehen zu viel Aufmerksamkeit auf sich. Darüber hinaus sind räumliche Gegebenheiten von außen nicht zu beurteilen. Wann, wie, wo arbeiten die Damen? Haben sie Begleitschutz oder ist ein Wirtschafter vor Ort? Sind die Räumlichkeiten einsehbar von innen oder außen? Wer erscheint, wenn es Geschrei gibt? Welche Fluchtmöglichkeiten bestehen? Ich glaube auch, dass er nicht zum ersten Mal bei den Damen war."

„Klingt plausibel. Du glaubst also, dass er nicht gleich zum Töten hingeht?"

„Ja, schon möglich, Juri." antwortete Elke. „Bei der Tötungsabsicht muss man zwei Dinge berücksichtigen: das Einschlagen des Gesichts und das Verdrahten des Mundes. Das Einschlagen des Gesichts erfolgt immer, wie wir bereits wissen, mit Gegenständen, die er in dem Zimmer fand. Somit vermutlich eine Reaktion auf eine bestimmte Situation. Während das Verdrahten nachträglich stattfindet. Mit einem Gegenstand, der nicht den Räumlichkeiten zuzuordnen ist. Habe ich recht, Locke?"

„Stimmt, bei allen Fällen ist es der Draht, der nirgendwo in den Wohnungen zu finden war. Alle Beteiligten gehen davon aus, dass er ihn mitbringt."

„Das meine ich: er weiß, dass es passieren kann und er ist vorbereitet."

„Was sagt uns das über den Täter, Elke?" bohrte Juri.

„Er ist nicht einfältig im herkömmlichen Sinne. Er geht seinem Trieb nach mit der Gewissheit, dass er jederzeit zum Mörder werden kann. Er nimmt es in Kauf, oder wahrscheinlicher, er legt es darauf an. Würde er rational denken, würde er sich nicht in so eine Situation bringen, wenn er es komplett vermeiden könnte. Es ist kein „normaler" Antrieb wie Sex oder Habgier. Was ihn antreibt, ist seine eigene Realität."

„Spaß am Töten?" fragte Juri.

„Nein, nicht wirklich." antwortete Elke und führte dann weiter aus: „Das ist vermutlich mehr der Typ, unter Vorbehalt natürlich, der die Schuld nicht bei sich sieht. Er hat eventuell eine Wahrnehmung, die dem Opfer die Schuld gibt."

„So nach dem Motto, wenn das passiert, bekommst du das als Quittung?"

„So ungefähr, Hans. Aber wie gesagt, das ist noch nicht untermauert." antwortete Elke.

„Was hältst du von dem Ritual mit dem Draht?" fragte Juri.

„Ganz offensichtlich will er damit das Opfer posthum zum Schweigen bringen. Er begreift nicht, dass er dem Opfer nicht mehr wehtun kann. Da er aber nicht so dumm ist, denn dann hätte er die Planung nicht hinbekommen, würde ich dieses Ritual eher als Vermeidung von eigenem Unwohlsein identifizieren."

„Vielleicht kannst du mir das näher erklären?"

„Natürlich, Juri. Mit dem Verdrahten des Mundes will er etwas vermeiden, was gar nicht mehr passieren kann. Er schließt dem Opfer den Mund auf drastische Weise. Völlig sinnlos, denn Tote können nicht reden und das weiß er. Trotzdem gibt er sich dem Ritual hin. Mit all den Gefahren: Spuren zu hinterlassen oder von anderen gestört zu werden. Ich vermute, er will die Frauen daran hindern, ihm wehzutun. Womit auch immer. In seiner Realität kann er sich so vor ihnen schützen oder sie für irgendetwas bestrafen."

„Vielleicht ist es auch eine Art Visitenkarte? Schließlich konnten wir die Fälle nur auf Grund des Rituals zusammenbringen. Tote Prostituierte gibt es dutzende täglich in Europa, aber dieses Ritual ist schon besonders." ergänzte Hans.

„Natürlich, auch das ist sehr wahrscheinlich." bestätigte Elke.

„Okay, das ist ja schon eine ganze Menge. Von deiner Seite noch etwas, Elke?"

„Vieles, Juri, aber wie ich bereits am Anfang bemerkte, fühle ich mich besser, wenn ich die vorhandenen Fakten ausgewertet habe. Das, was ich hier mache ist unprofessionell. Sobald ich die Akten habe, versuche ich, mehr herauszuholen."

„Gut, dann gedulden wir uns noch etwas." erwiderte Juri leicht mürrisch und fuhr dann fort: „nun zu euch, Samuel und Norbert. So wie es aussieht, wird es eure Aufgabe sein, die ganzen Morde einem Täter zuzuordnen. Wobei die Betonung auf einen Täter liegt. Ich finde die Ansätze von Elke und Hans plausibel. Er besucht die Frauen vermutlich mehrmals und schlägt zu, wenn für ihn das geringste Risiko besteht. Norbert, ich möchte, dass du mit Locke nach Bremen und Rotterdam fährst. Tausch dich mit den Kollegen der Spurensicherung vor Ort aus. Locke, du schaust dir die Tatorte an und vielleicht kannst du ja noch den einen oder anderen Zeugen befragen. Ich werde dafür sorgen, dass ihr entsprechende Unterstützung bekommt. Und bevor ihr fragt! Nein, Pia kann euch nicht begleiten. Ich brauche sie hier dringender."

„Schade, ich hatte schon auf eine kostenlose Stadtrundfahrt gehofft. Bis wann bekommst du das hin?" fragte Locke.

Juri schaute auf die Uhr und antwortete: „schon nach acht. Heute geht nicht mehr viel. Ich werde mich morgen früh mit Dampf reinhängen und euch für den Nachmittag anmelden. Ist das okay für euch?"

„Klar, wir haben ja kein Privatleben oder irgendwelche anderen Verpflichtungen." antwortete Locke und Norbert ergänzte: „außerdem werden wir doch hervorragend bezahlt. Zumindest im Verhältnis zu einem bulgarischen Ausbeiner in der Fleischindustrie."

„Ich weiß. Es hat euch hart getroffen, aber dafür dürft ihr doch große Mützen tragen und mit Blaulicht fahren. War doch bestimmt euer Kindheitstraum? Dazu noch die eigene Kelle, die blinkt. Oft sieht man das eigene Glück nur nicht, weil es alltäglich ist! Ich denke, drei Tage müssten reichen. Pia wird für euch bei der Fahrbereitschaft einen Wagen reservieren. Mit viel Glück bekommt ihr einen schnittigen Passat Kombi in Dunkelrot von 1978. Da kommt doch Urlaubsstimmung auf."

„Na dann, Juri, warum hast du das nicht früher erwähnt?".

„Wegen der Überraschung! Wie weit bist du eigentlich mit den Spuren bei uns? Hier schon irgendwelche Erkenntnisse, Norbert?"

„Nein, die Zeit war einfach zu kurz bei der Vielzahl von Spuren. Die sind jetzt noch dabei zu sichern. Die Wohnung ist ein echter Albtraum."

„Okay, Samuel, wie sieht es mit der Leiche aus? Da schon irgendetwas?"

„Wenig. Ich hatte die Dame nur kurz auf dem Tisch. Wir haben ja noch den Bademeister, beziehungsweise, was davon übrig ist und auch noch die junge Frau, die von ihrem Freund zerlegt wurde."

„Ich weiß, da ist Martin nachher bei der Befragung, sobald der Typ wach ist. Aber dein Primärziel ist das Opfer mit dem verdrahteten Mund. Darüber hinaus wäre es prima, wenn du Norbert vertrittst, während er unterwegs ist. Natürlich nur für die Sachen, die unsere „Soko Draht" betreffen. Gib uns das, was du hast. Ich weiß, natürlich ohne Gewähr."

„Okay. Das Tatwerkzeug war vermutlich ein Marmoraschenbecher, der zum Inventar gehörte. Er hat ihr mit mehreren Schlägen ins Gesicht das Jochbein, die Stirnplatte und das Auge inklusive Augapfel völlig zertrümmert. Sie war vermutlich sofort tot und trotzdem hat er mehrmals zugeschlagen. Nur nicht in die Mundpartie. Wie wir wissen, brauchte er die noch."

„Wie könnte es abgelaufen sein?" erkundigte sich Hans.

„Rein spekulativ? Er liegt mit ihr auf dem Boden. Vermutlich haben sie Sex."

„Einvernehmlich?"

„Wahrscheinlich, Juri. Wir haben weder im Rektal- noch im Vaginalbereich Verletzungen gefunden. Wobei ich auch sagen muss, um hierfür eine klare Aussage treffen zu können, müssen wir die Ausschabungen und die Analyse abwarten. Natürlich könnte es auch oral stattgefunden haben. Sogar posthum, aber dazu kann ich noch nichts sagen."

„Bitte nicht das auch noch!" seufzte Locke.

„Gut, noch mal der Ablauf, damit wir ein Bild bekommen."

„Okay, Juri, sie liegen auf dem Boden, haben Sex, welcher Art auch immer. Er nimmt den Aschenbecher, von wo auch immer. Stellt sich über sie und schlägt zu. Wir wissen anhand der Blutmengen auf dem Teppich, dass es dort passiert ist. Auch dass sie auf dem

Rücken lag. Bemerkenswert hier: keine erkennbaren Abwehrspuren."

„Vielleicht hat er ihr gesagt, sie soll die Augen schließen, für eine Überraschung. Wäre nicht mal gelogen gewesen. Passt zu der These, dass sie vertraut waren und er öfter bei ihr war."

„Gut möglich, Hans. Locke, bitte prüf diesen Punkt, wenn du in Bremen und Rotterdam bist. Die Vertrautheit könnte unsere beste Spur sein. Aber bitte weiter. Der Ablauf."

„Er hat sie auf dem Teppichboden erschlagen. Dann lässt er den Aschenbecher mitten in dem Zimmer fallen. Den Einschlägen zur Folge ist er vermutlich Rechtshändler oder natürlich beidhändig."

„Haben wir die Tatwaffe und den Draht bereits untersucht, Norbert?" unterbrach Juri.

„Klar, gleich als Erstes. Wobei, den Draht musste die Pathologie erst mal von der Leiche entfernen. Auf der Tatwaffe nichts, was uns weiterhelfen würde. Anscheinend hat er Handschuhe getragen oder nachträglich die Spuren abgewischt. Natürlich schauen wir da noch genauer hin."

„Klar! Bitte Samuel, erzähl weiter."

„Viel habe ich nicht mehr. Er hebt sie auf, legt sie aufs Bett und verdrahtet ihr den Mund. Vermutlich zwei Gerinnungszeitpunkte beim Blut."

„Was sagt uns das?" hakte Hans nach.

„Noch nicht viel. Nur, dass zwischen dem Zuschlagen und dem Verdrahten Zeit vergangen ist. Vermutlich hat er sie noch angeschaut, wie sie da so auf dem Teppich lag. Kann ich nach eingehender Untersuchung mehr zu sagen. Vielleicht hat er auch nur versucht, einen Draht zu ihr zu finden." Samuel grinste, während der Rest der Runde nur mit den Augen rollte.

„Dank dir, Samuel, das war schon einiges. Vielleicht sollten wir auch langsam zum Ende kommen. Es ist gleich zehn. Ich fasse noch mal zusammen: Locke, du bist verantwortlicher, leitender Ermittler in diesem Fall. Für die nächsten drei Tage wird Hans dich vertreten. Hans, koordinier die Zusammenarbeit mit den internationalen Behörden. Du weißt schon, Europol, Interpol. Was auch immer nötig ist."

„Habe ich schon notiert. Ich bin mir fast sicher, dass wir noch mehr Leichen finden."

„Wieso glaubst du das?" fragte Samuel.

„Der Täter spioniert aus, trifft seine Opfer vorab, ist eiskalt und brutal. Das sieht alles nach jemandem aus, der schon länger im Geschäft ist. Aber schauen wir mal, was unsere ausländischen Kollegen so haben."

„Elke, vielleicht kannst du uns ein Profil erstellen? Würde bei unserer Suche bestimmt von Nutzen sein. In den nächsten achtundvierzig Stunden?"

„Das ist zu schaffen, Juri, wenn ich alle relevanten Informationen bekomme."

„Wende dich bitte an Pia. Die besorgt dir alles, was du brauchst. Ich denke, jeder weiß, was er zu tun hat. Lasst uns das Schwein einbuchten. Pia wird einen neuen Termin koordinieren. Natürlich bin ich immer ansprechbar bei neuen Erkenntnissen. Also vielen Dank und einen schönen Feierabend, auch wenn nicht viel davon übrig ist."

Juri wollte eigentlich noch einige Dinge erledigen, als er jedoch seinen mit Zetteln überhäuften Schreibtisch sah, entschloss er sich, nach Hause zu fahren. Auf dem Weg in die Tiefgarage lief er Martin Rogge in die Arme.

„Martin, du noch hier?"

„Hallo, Juri. Die haben mich grade angerufen. Die Schnarchnase ist jetzt vernehmungsfähig."

„Da hat er sich eine klasse Zeit ausgesucht. Dreiundzwanzig Uhr! Gehst du allein rein?"

„Nein, ich würde mir jetzt jemanden vom KDD suchen. Wieso? Willst du mit?"

"Puuh, weiß gar nicht so genau. Eigentlich bin ich durch."

„Kein Problem. Dann hole ich mir die Vollnull allein."

Juri dachte kurz darüber nach, was ihn Zuhause erwarten würde und kam zu der Erkenntnis, dass vermutlich alle schlafen und er allein mit seinem kalten Essen vor dem Fernseher sitzen würde. Er hing noch in seinen Gedanken, als Martin sagte: „Na los, Zuhause vermisst dich eh keiner. Wie haben so viele Beweise, das ist reine Formsache. Das wird bestimmt ein komischer Abschluss für diesen bescheidenen Tag."

„Bisschen Spaß könnte ich schon gebrauchen."

„Das funktioniert, ausgenommen, er gesteht gleich. Aber das wird nicht passieren. Du kennst die Typen: Saufen, prügeln und wenn sie nüchtern werden, scheißen sie sich vor Angst in die Stiefel. Lass uns um ein Essen beim Griechen wetten: er macht auf Gedächtnisverlust."

„Nein, mit dir wette ich nicht mehr. Außerdem machen das die meisten. Aber klar, ich komme mit. Nachher versaust du es wieder und dann habe ich doppelte Arbeit."

„So will ich meinen Chef sehen." antwortete Martin.

Jurl und Martin saßen im Vernehmungsraum einem Mann gegenüber, dessen Zukunft auf die Regulative: Einsamkeit, Gewalt und Masturbation zusammengeschrumpft war. Darüber hinaus strotzte die Visage dieses Mannes vor Selbstgefälligkeit und Dummheit.

Das Mitleid der beiden Hauptkommissare hielt sich aber sehr in Grenzen, denn sie hatten das Opfer gesehen. Juri in der Pathologie und Martin auf Fotos.

„Guten Tag, das ist Hauptkommissar Martin Rogge und ich bin Hauptkommissar Juri Sokolov. Sie sind Herr Wörner, Manfred Wörner, geboren 26. März 1979, Wohnhaft Krumme Twiete 3 in Hamburg? Geschieden, eine Tochter. Sie lebt bei ihrer Ex-Frau? Wenn etwas nicht stimmt, müssen Sie es sagen!"

„Schon klar." antwortete der Häftling.

„Wissen Sie, warum Sie hier sind?" fragte Juri.

„Nein, das hat mir keiner gesagt. Ich bin in der Zelle wach geworden. Konnte duschen und bekam neue Klamotten. Und nun sitz ich hier. Von gestern weiß ich gar nichts mehr."

„Wieso? Was war denn gestern?" hakte Martin nach.

„Keine Ahnung! sag ich doch."

„Und vorgestern?" fragte Juri.

„Wie vorgestern?"

„Na, was war Vorgestern?" wiederholte Juri die Frage.

„Vorgestern war vorgestern."

„Also doch Erinnerungen?" reagierte Martin.

„Was wollen Sie von mir?"

„Das ist doch eine gute Frage! Ich und mein Kollege, der Herr Hauptkommissar Rogge, möchten Sie gerne hinter Gitter bringen. Wegen Mordes an ihrer Freundin. Mord mit Ankündigung vor mehreren Zeugen. Zumindest behaupten das die Nachbarn. Dazu noch Wiederholungstäter. Gute Chancen auf anschließende Sicherheitsverwahrung."

„Genau, und damit das auch alles so funktioniert wie wir uns das vorstellen, werden wir die Befragung hier beenden. Protokolliert wird eine dauerhafte Gedächtnisamnesie. Wir überstellen Sie in eine Klinik und haben endlich Feierabend." ergänzte Martin.

Sie hatten es schon zu oft erlebt. Vermutlich hat er die Nummer mit dem Gedächtnisverlust im Fernsehen gesehen oder in einem billigen Krimi gelesen. Niemand würde ihm das Abnehmen, da hätte er bessere Chancen sich als mordender Schlafwandler zu verkaufen. Natürlich gibt es Sequenzen, die verloren gehen können, aber nicht bei Vorsatz und erst recht nicht bei Wiederholungstaten.

„Prima, dann haben wir es doch. Ich gehe gerne in die Klinik. Auch wenn ich unschuldig bin."

„Schon interessant, Herr Wörner, dass Sie nicht einmal fragen, wie ihre Freundin verstorben ist?" bemerkte Juri.

„Und sein Erinnerungsvermögen hat ihm gestanden, dass es nichts mehr weiß, außer, dass er unschuldig ist." ergänzte Martin mit einem breiten Grinsen.

„Aber vertrauen Sie mir." fuhr Martin fort: „da sind richtig gute Ärzte und bei vermeintlichen Gewalttätern haben die super Medikamente. Sie werden komplett sediert, und dann laufen Sie den ganzen Tag sabbernd mit vollgepisster Hose durch die Gegend. Da die Bude meistens sehr voll ist kann so eine Gedächtnistherapie schon mal locker sechs bis zwölf Monate dauern. Aber keine Sorge, Sie sind da in sehr guter Gesellschaft. Alles Unschuldige mit Gedächtnislücken. Ausgenommen die völlig Durchgeknallten, die das durchziehen. Die sind hart wie ein Sargnagel. Schließlich müssen die auch immer wieder beweisen, dass sie nicht richtig ticken. Mensch, Juri, wie hieß der Typ noch der seinen Mitpatienten die Brücken und Kronen mit einer Zange aus dem Mund gebrochen hat?"

„Ah, ich weiß wen du meinst, Martin. Der schnelle Andy, alias, Crazy Doc! Der sollte wegen dreifachem Mord einfahren. Der hat sich die Dinger an einem Lederband um den Hals gehängt. Sozusagen als Trophäe."

„Was ist eigentlich aus dem geworden. Juri?"

„Ruhig gestellt! Der hat jemanden aufgetrieben der ihm Geld für Implantat Legierungen bezahlt. Leider hat er zu oft den halben Kiefer mit rausgebrochen. Nun hat er einen Fensterplatz und muss zum Pissen nicht mehr aufstehen."

Martin und Juri lachten sich lauthals kaputt und Martin ergänzte mit Tränen in den Augen: „dabei konnte er Garnichts dafür, denn schließlich hatte er es ja nächsten Tag wieder vergessen." Nun hielt die beiden nichts mehr.

Der Häftling, Manfred Wörner, machte eine Metamorphose durch die ungefähr aus folgenden Schritten bestand: Aufbäumen, Lügen, Strampeln, Kratzen, Beißen. Zusammenbruch. Tränen. Sie war schuld. Er hat es so nicht gewollt. Der Appell ans Mitgefühl. Buhlen nach Mitleid. Denunziantentum. Geständnis. Am Ende eine jämmerliche Gestalt. Der harte Kerl, der einer jungen Frau brutal im Suff das Leben genommen hatte, war verschwunden.

Juri und Locke konfrontierten den Häftling Wörner mit den erdrückenden Beweisen und ließen ihn ein Geständnis unterschreiben. Beim Herausführen des Häftlings sprach Martin ihn erneut an: „Ach, Herr Wörner, ich hatte ganz vergessen zu erwähnen: Crazy Doc arbeitet nun als Gefängnis Zahnarzt."

Eine Mischung aus Erschöpfung und Angst rissen dem Häftling die Beine weg. Er klappte einfach zusammen. Die zwei anwesenden Justizvollzugsbeamten schleppten Wörner in seine Zelle und überließen ihm dort der Bedeutungslosigkeit.

„Jetzt wollen wir mal hoffen, dass er nicht zu-rückzieht oder sein Anwalt hier die Welle fährt."

„Ach, Juri, und wenn schon. Dann geht er eben für acht oder zehn Jahre in den Knast und nicht für zwölf oder fünfzehn. Der Typ ist erledigt und versenkt."

„Wahrscheinlich hast du recht. Machst du das hier? Mir reicht es für heute."

„Natürlich, bis morgen."

Auf dem Nachhauseweg, es war bereits zwei Uhr, ließ Juri sich den Spaß noch einmal durch den Kopf gehen. Er hatte gehofft, dass ein schneller Erfolg und etwas Unterhaltung für den Tag entschädigen könnten. Dem war nicht so. Er fühlte sich mies. Nicht weil ein Müllhaufen für Jahre hinter Gittern und eine junge Frau unter der Erde verschwand, son-dern weil er nie so werden wollte.

Zuhause angekommen setzte er sich mit sei-nem in der Mikrowelle aufgewärmten Essen vor den Fernseher. Er hätte jetzt gerne mit seiner Frau Svetlana gesprochen oder zumin-dest seine Töchter in den Arm genommen, doch die schliefen schon seit Stunden wie je-der normale Mensch um diese Uhrzeit. So schaute er eine Dokumentation über Affen und er hätte schwören können, einige von denen aus dem Präsidium zu kennen.

Er machte sich auf der Couch lang, weil er zu fertig war, um ins Bett zu gehen. Keine drei Minuten später schlief er ein. Nur hin und wieder schreckte er auf und fuhr sich hektisch über den Mund.

Die Nacht war grässlich und der Morgen stressig. Der Hund, inzwischen war es nur noch seiner, wollte raus. Seine Töchter zankten sich im Bad, Svetlana strafte ihn mit Ignoranz und sein Rücken schmerzte, denn das Sofa, auf dem er übernachtet hatte, war so durchgesessen, dass es die Bezeichnung Sofa schon lange nicht mehr verdiente. Er versuchte zaghaft in das Familienleben einzutauchen und Kontakt mit seiner Sippe aufzunehmen. Vorerst mit seinen Töchtern, die bisher außer einem läppischem „guten Morgen, Papa" nicht viel zu seiner Erscheinung zu sagen wussten.

„Na, geht's in die Schule? Wie läuft es denn so?"

Seine Töchter schauten ihn an, als wenn sie gerade erfahren haben, dass er sprechen konnte. Die Ältere, Leoni, antwortete: „Hast du eigentlich mal in den Spiegel geschaut. Du könntest dich ja wenigstens mal rasieren. Und zur Info: ich mach seit gestern ein Praktikum im Tierheim, falls du dich erinnerst!"

„Aber Liebling, natürlich erinnere ich mich. Wie war denn der erste Tag?"

„Erzähl ich dir heute Abend, denn ich muss jetzt los. Vielleicht schaffst du es mal vor Mitternacht nach Hause? Bis dahin!" Augenblicklich war sie verschwunden. Juri versuchte noch ein „so läuft das nicht mein Fräulein" hinterher zu werfen, aber Leoni war schon durch die Tür abgedampft.

„Aber, du mein Sternchen erzählst Papa doch wie es in der Schule so ist?" Er nahm Natascha in den Arm und versuchte sie zu drücken.

„Nein, mach ich nicht. Außerdem kratzt du. Ich rede erst wieder mit dir, wenn du Leoni sagst, dass sie sich nicht immer stundenlang ins Bad einschließen soll."

Natascha hatte den Satz gerade zu Ende gesprochen als seine Frau Svetlana mit der Frage: „Und, wie läufts mit deinen Töchtern?" auf den Eingang zusteuerte. Ihr Gesichtsausdruck verriet ihm, jetzt lieber nichts Falsches zu sagen.

„Juri, ich muss jetzt Natascha zur Schule bringen und danach zur Arbeit. Vielleicht schaffst du es ausnahmsweise mal die Küche aufzuräumen. Übrigens, dein Hund, Barnie, hat gerade auf den Teppich gemacht. Regel das bitte, sonst riecht das ganze Haus nachher, wenn ich zurückkomme. Komm Natascha, wir müssen los."

„Tschüss Papa."

Die Tür fiel ins Schloss und es wurde bannig still um ihn. Das einzige Geräusch, welches er vernahm, war das Brummen seines Diensthandys. Wie oft es bereits geklingelt hatte, konnte er nicht sagen. Genauso wenig wie lange er bereits auf dem Sofa saß und vor sich hinstarrte. Es war Pia Long. Nicht ranzugehen war keine Option. Er schluckte die Kröte und startete seinen „Funktionier Modus". Eine Überlebensstrategie die ihn davor schützte zusammen zu klappen und alles hinzuwerfen. Wie lange das noch funktionieren würde, wusste er auch nicht.

„Hey, Pia, was gibt's?"

„Morgen, Juri, ich habe es schon öfters versucht. Du hörst dich nicht gut an. Alles klar?"

„Ja, alles gut. Was gibt's denn?"

„Der Alte hat den zehn Uhr Termin wieder abgesagt."

„Welchen zehn Uhr Termin?"

„Noch keine Mails abgerufen?"

„Nein, hatte noch nicht einmal einen Kaffee, wenn du es genau wissen willst. Dann schieß mal los."

„Okay, Termin abgesagt wie bereits erwähnt und auf später mit unbekannter Zeit verschoben. Dann ein weiterer Mord…"

„Moment" ging Juri dazwischen „ich bin nicht der einzige Polizist in Hamburg und ich muss auch nicht bei jedem Tötungsdelikt vor Ort sein. Du bist lange genug dabei um das zu Wissen."

„Juri, bitte, friend, friend not enemy! Ich kann da nichts für. Martin hat mich informiert, dass er bei einem Tötungsdelikt vor Ort ist und er sagte, ich zitiere: „Pia, schmeiß

Juri aus dem Bett, ich glaube wir haben ein Problem." Zitat Ende."

„Na gut, schick mir die Adresse und wir sehen uns nachher im Büro."

„Klar, gern geschehen."

Juri versuchte grob die Auftragsliste von seiner Frau abzuarbeiten. Alles in den Geschirrspüler schmeißen, Teppich sauber machen, kurz mit Barnie rausgehen, Wohnzimmer durchsaugen, Blumen vom Nachbargarten stehlen und in eine Vase auf dem Wohnzimmertisch stellen, Zettel schreiben: „Ihr seid die drei liebsten Menschen der Welt. Kuss Papa.", Barnie fressen und frisches Wasser geben, duschen, rasieren, frisches Hemd. Ins Auto und los. Es war Dienstag neun Uhr dreißig.

Die Adresse die Pia ihm geschickt hatte lag in einem Industriegebiet in Wilhelmsburg. Wilhelmsburg war lange das „Schmuddel-Viertel" von Hamburg. Nahe am Hafen gelegen auf der anderen Seite der Elbe. Migrationsanteil an der Bevölkerung Minimum fünfundsiebzig Prozent. Hier konnten sich die eingewanderten, billigen Arbeitskräfte, welche der Hafen zu tausenden verschlang, Wohnraum leisten und es bestand nicht die Gefahr, dass diese Menschen auf die Idee kamen, dass so ehrwürdige, reiche und traditionsbewusste, hanseatische Kaufmannsvolk in der City durch Anwesenheit zu belästigen. Gettoisierung nennt man es heute. Früher hatte man keinen Begriff dafür. Es war zweckdienlich für alle Beteiligten. Der Hafen bekam seine Arbeitskräfte, um den Reichtum der Stadt Hamburg weiter zu nähren. Die Migranten die Chance viel Geld mit harter Arbeit zu verdienen und sich so eine bessere Zukunft aufzubauen. Inzwischen lebte hier schon die dritte oder vierte Generation dieser Menschen. Hamburger. In Hamburg geboren und aufgewachsen, aber auf die andere Seite der Elbe haben es die wenigsten geschafft.

Nun bedrohte ihre Bleibe eine Krankheit, die ihren Siegeszug bereits durch viele Hamburger Stadtteile angetreten hat. Gentrifizierung. Aus alt mach neu und vermiete es für das doppelte. Alles Profit. Die Alteingesessenen werden durch Rucksackhamburger ersetzt. Zugereiste aus den strukturschwachen Gebieten Deutschlands. Nun sind sie die Wanderarbeiter, die für mehr Lebensqualität ihre Heimatstadt verlassen. Der Mensch als Werkzeug des Kapitalismus. Austauschbar. Der Lauf der Dinge. Unabänderlich.

Juri war so in Gedanken, dass er fast die Einfahrt verpasst hätte. Er kannte die Adresse aus den Tagesberichten vom KDD. Hier fanden häufig Hausdurchsuchungen wegen vermutetem Diebesgut und oder Drogen statt.

Ein Gelände mit vielen zugenagelten Garagen und einigen Büros in denen Speditionen ihre Geschäfte betrieben. Vor einem dieser Garagen sah er Martin stehen. Er hielt sich ein Taschentuch vors Gesicht: das hatte Juri noch nie bei seinem Freund und Kollegen erlebt.

Juri stellte seinen Wagen ab und ging direkt auf Martin zu.

„Alles Okay mit dir?"

„Nein, Garnichts ist Okay. Ich mach diese Scheiße nicht mehr mit. Ich habe die Schnauze so gestrichen voll. Sollen diese ganzen Irren doch machen, wozu sie Lust haben. Was geht mich das an. Ich hau in Sack oder geh zur Sitte zurück. Hier, versetzt mich aus disziplinarischen Gründen. Willst du auch einen Schluck?"

Martin bot Juri einen halb leeren Flachmann an.

„Wo hast du denn den Schnaps her?"

„Wo ich den herhabe? Den hat mir eine junge Kollegin auf meine Anweisung hin von der Tankstelle geholt. Ich habe ihr nämlich verboten den Tatort zu betreten. Warum? Ja, warum? Vielleicht weil diese Scheiße hier ihr Leben für immer verändern könnte."

Juri merkte sofort, dass es ernst war. Martin und er hatten schon eine Vielzahl von unterschiedlichen Tatorten gesehen. Selbst die schwersten Sexualverbrechen hatten ihn nicht annähernd so aus der Fassung gebracht.

Juri nahm ihm den Flachmann aus der Hand und wies die anwesenden Kollegen an, sich ihrer Arbeit zuzuwenden, aber nicht den Tatort zu betreten, bevor er ihn nicht frei gab.

„Gut, Martin. Was ist hier los? Du weißt, nur wir können den oder das zur Strecke bringen. Ich brauch dich! Allein schaff ich das nicht. Lass mich nicht hängen. Also eins nach dem anderen. Was ist hier los?"

„Okay, heute Morgen ging ein anonymer Notruf bei der Feuerwehr ein. Anwohner hatten einen merkwürdigen Brandgeruch gemeldet. Die Jungs rückten an, brachen die Werkstatttür auf und fanden eine Leiche dessen Kopf vor sich hin schmorte. Nun ist ein Brandopfer nicht schön, aber auch nicht so außergewöhnlich. Anders bei diesem Kollegen. Der war mit beiden Händen auf der Werkbank festgenagelt und sein Gesicht mit Panzerklebeband auf einer Kochplatte festgeklebt. Ja, da guckst du, aber es wird noch besser! An der Kochplatte war eine Zeitschaltuhr befestigt, die die Kochplatte angeworfen hatte. Natürlich auf kleinster Stufe. Die eine Hälfte des Gesichts ist komplett verschmort aber in der anderen, zumindest was davon übrig ist, kannst du das Leiden Christi sehen."

„Scheiße" war das einzige Wort was Juri herausbekam.

„Ja, Scheiße, Juri. Und du hast Recht. Du wirst mich brauchen, um dieses kranke Schwein zu kriegen."

Juri schaute Martin etwas blutarm an und sagte: „Natürlich brauch ich dich, du bist mein bester Mann."

Martin lachte laut los und sagte: „Du hast es noch immer nicht kapiert, oder?"

„Martin, was?"

„Juri! Sechs Stahlnägel! Drei in jede Hand. Da will uns einer was sagen. Fällt nun der Groschen?"

Juri fuhr es in die Magengrube. Er hatte einen zweiten Serienkiller. Martin ging davon aus, dass es derselbe Täter wie bei dem Schwimmbadmord war. Das würde bedeuten, weitere Leichen und wenn es an der falschen Stelle durchsickerte: Angst und Panik in der Stadt. Fast intuitiv nahm er einen Schluck aus dem Flachmann, den er immer noch in der Hand hielt. Der hochprozentige Alkohol brannte wie Feuer in seinem Hals. Er wusste nicht, wann oder ob er überhaupt jemals morgens so etwas zu sich genommen hatte. Insgeheim hoffte er, dass es nicht zur Gewohnheit werden würde. Er schaute Martin an und fragte: „Wieder alles klar? Bist du dabei? Deine Entscheidung!"

„Natürlich, Juri, war nur ein kleiner Aussetzer."

„Kein Problem, Martin, doch bisher Wissen wir zu wenig für Mutmaßungen. Nun ist das aller Wichtigste, dass wir einen kühlen Kopf bewahren. Ich werde jetzt da rein gehen und mir das anschauen. Du informierst Pia als erstes. Die soll eine weitere Soko einrichten und den Alten in Kenntnis setzen. Sonst aber keinen! Personelle Besetzung kommt später. Dann besorgst du dir alle Namen die hiervon Wissen und du lässt keinen rein und keinen raus. Alle die hier sind oder waren sollen das Maul halten. Das Ding hier muss wasserdicht sein. Wenn die Presse das mitbekommt, ist der Teufel los. Wissen wir schon wer das Opfer ist?"

„Ich vermute der Werkstattmieter, aber wir haben weder eine Identifikation noch eine andere Bestätigung. Das klär ich als erstes."

„So, ich schau mir das jetzt an und Martin, ich meinte das ernst, dass ich dich hier brauche. Denn wenn du Recht hast und es sieht danach aus, wird das ein harter Ritt."

„Ich weiß, Juri."

Juri betrat die Werkstatt und schaute sich um: eine kleine, nette Handwerkeridylle. Zwei Räume die ineinander übergingen. Vermutlich ein Durchbruch von zwei Garagen. Der betonierte Fußboden und das umstehende Gerümpel bedeckt mit Löschschaum. Auf den Regalen eine Vielzahl von Dosen und

Gläsern die mit Schrauben und Nägel gefüllt waren.

Der Leichnam saß auf einem Stuhl an einer Werkbank die direkt an der Fensterrückseite des Raumes stand. Die rechte und die linke Hand waren jeweils mit großen Nägeln durchtrieben. Drei in jede Hand. Die rechte Hand war zwischen den Fingern aufgerissen. Vermutlich hat er noch gelebt als die Herdplatte ansprang und versucht sich zu befreien.

Um den Hals mehrere Lagen Panzerklebeband welches mit dem Schraubstockknebel von der Werkbank verbunden war. Hiermit wurde er fixiert. Das Opfer lag mit der rechten Gesichtshälfte auf einer transportablen Kochplatte. Das Haar war bis zur Kopfmitte verschmort. Von dem Rest der rechten Gesichtshälfte waren nur noch Zähne zu erkennen. Die linke Gesichtshälfte bestand aus einer verkohlten Masse Mund, Jochbein und einem Auge, welches das ganze Entsetzen eines Sterbenden in Höllenqualen widerspiegelte. Ein Kunstwerk der Boshaftigkeit.

Von der Kochplatte führte ein Stromkabel zu einer Steckdose, an der eine mechanische Eieruhr befestigt war. Juri beugte sich über die Leiche und holte einen Lappen, der teils unter dem Kopf des Toten lag mit zwei Fingern hervor, als er plötzlich neben sich eine Bewegung bemerkte. Er schnellte blitzartig herum und neben ihm stand Samuel Winterkorn, alias Riff-Raff.

„Man, musst du dich so reinschleichen?"
Samuel schaute Juri nur fassungslos an und sagte: „Ich wollte es einfach nicht glauben was Martin erzählte. Dem haben sie wirklich die Birne gegrillt! Zum Glück hat er mit offenem Mund geatmet, sonst wäre ihm der Kopf geplatzt."

Juri war noch viel zu fassungslos als dass er Samuel hätte Maßregeln können. Darüber hinaus war das wohl Samuels Art mit diesen Dingen umzugehen. Schließlich musste Samuel die Leichen nicht nur sehen, sondern auch noch auseinandernehmen.

„Glaubst du auch, dass das unser Schwimmbadmörder ist?"

„Das wirst du mir hoffentlich heute noch sagen. Sieht aber danach aus. Diese perfide Art zu töten, wieder sechs Nägel und der unbedingte Wille Aufsehen zu erregen. Hätte das Opfer noch länger geschmort wäre die ganze Bude in Flammen aufgegangen."

„Wie kommst du darauf, Juri?"

„Hier, das war zwischen Kopf und Kochplatte befestigt." Juri gab Samuel ein Tuch. Samuel roch dran und bestätigte: „Benzin!"

„Genau, hat sich nur nicht entzündet. Vermutlich zu schnell verdunstet."

„Und was sagt uns das?"

„Was uns das sagt, Samuel? Das sagt uns erstens, dass er nicht bis zum Schluss hier war und zweitens, das ist noch wichtiger: er macht Fehler! Wäre dieser Schuppen in Flammen aufgegangen hätten wir vermutlich nur noch die angenagelten Hände und ein paar Knochen gefunden. Das hätte ihm einen größeren Vorsprung verschafft. Nun aber haben wir den Körper fast heil."

„Und, Juri, bei einem verbrannten Körper ist der verbindliche Nachweis von Chemikalien sehr viel schwieriger bis unmöglich. Nicht aber bei vollständigem unbeschädigtem Gewebe."

„So sieht es aus, Samuel. Und er muss das Opfer irgendwie mit irgendetwas betäubt haben. Nirgendwo Kampf- oder Abwehrspuren."

Juri merkte wie in ihm wieder die Hoffnung aufkeimte dieses Monster schnell zur Strecke bringen zu können.

„Samuel, es ist mir völlig egal wen oder was du brauchst. Das Benzin, woher es stammt. Eieruhr, Kochplatte und das ganze Zeug mitnehmen. Gewebeproben nehmen und auf alles untersuchen. Geld spielt keine Rolle."

„Geht klar."

„Aber Samuel, zuerst die Fingerabdrücke und die Nägel."

Samuel schaute auf die angenagelten Hände des Opfers und sagte: „Nun habe ich aber wirklich alle Hände voll zu tun." und grinste.

Juri schüttelte nur den Kopf und verließ die Werkstatt, um den Rest der Mannschaft auf Stand zu bringen.

Vor der Tür wartete schon ein Aufgebot der Hamburger Mordkommission. Das Feinste was Hamburg an Ermittlern und Kriminaltechnikern zu bieten hatte. Juri rief die Truppe zusammen, hielt eine Ansprache und brachte alle Beteiligten auf den selben Kenntnisstand.

„Martin, hast du die Bude dicht gemacht?"

„Ja, die bauen gerade den Sichtschutz weiträumig auf und an den Zufahrten stehen Polizeiwagen. Leider haben wir noch keinen gefunden der die Leiche identifizieren könnte. Eingetragener Besitzer ist ein gewisser Ungur Erhan. Dem gehört hier einiges auf dem Gelände. Nach Angaben seiner Frau oder Freundin ist er zurzeit in Dortmund. Wir haben ihn aber noch nicht erreicht. Die Frau sagte: „die Werkstatt wurde untervermietet." an wen wusste sie aber nicht."

„Haben wir schon den Anrufer?"

„Leider auch hier Fehlanzeige, Juri. Nach Aussage des leitenden in der Zentrale gibt es hier in der Gegend wenige Anrufer, die ihren Namen nennen oder mit sichtbarere Nummer anrufen, wenn es brennt oder sonst wie dicke Luft ist. Ich denke es wird nicht lange dauern, bis wir zumindest den Ort des Funkmastes bestimmen können."

„Ist ein Anfang, und wenn der Täter selbst angerufen hat? Ein kleiner Nervenkitzel zum Schluss?" hakte Juri nach.

„Eher unwahrscheinlich", ging Martin dazwischen: „Ich denke der ist weg als er seinen Job erledigt hatte. Er hat vielleicht noch so lange gewartet, bis die Eieruhr den Startmechanismus der Kochplatte ausgelöst hat, um auf Nummer sicher zu gehen, aber wofür brauchte er denn dann die Eieruhr. Wenn er daneben steht, kann er die Platte auch mit der Hand anstellen."

„Logisch, ich bin bei dir, Martin. Du hast recht. Also von vorne. Um das Umsetzen zu können brauchte er folgende Informationen: Er muss wissen, wann er wo das Opfer trifft. Das bedeutet er kennt die Gewohnheiten von dem Opfer. Lockt ihn hierher. foltert und tötet ihn?"

„Naja, vielleicht hat er ja auch in der Werkstatt auf ihn gewartet?"

„Klar, wäre auch denkbar. Komm lass uns unsere Arbeit machen, dass was wir hier tun bringt nichts. Hol du mir Jemanden ran der die Leiche kennt. Ich denke dann kommen wir bestimmt ein Stück weiter. Vermutlich haben sie sich gekannt! Haben die Feuerwehrleute, die den Brand gelöscht haben, irgendetwas gesehen?" fragte Juri.

„Leider mehr als ihnen lieb ist. Der Verantwortliche der Feuerwache hat gedacht, dass es sich um einen kleinen Schwellbrand handelt, und da haben die zur Übung, unter Aufsicht, drei junge Burschen von der freiwilligen Feuerwehr Kirchdorf da rein geschickt. Die drei sind jetzt bei dem psychischen Notdienst."

„Na prima, ein perfekter Tag. Ich werde noch mal reingehen, vielleicht gibt es ja noch was von Samuel."

Juri traf auf Samuel als der sich gerade an der Leiche zu schaffen machte. Um ihn herum wimmelte es von Kriminaltechnikern.

„Na, Samuel, wie siehts aus? Schon irgendetwas? Eine Idee zum Ablauf?"

„Rein spekulativ?"

„Natürlich, schieß los."

„Sie sind beide hier. Der Täter und das Opfer. Keine Schleifspuren am Opfer oder irgendwelche Beweise dafür, dass die Leiche bewegt wurde. Also alles hat hier stattgefunden. Ob er ihn aufgelauert hat? Keine Ahnung. Um das Opfer in so eine Situation bzw. Position zu bekommen, muss er ihn betäubt haben. Womit und wie, finden wir raus. Todeszeitpunkt ungefähr vor vier Stunden. Plus minus dreißig Minuten.

Er wartet, bis die Betäubung nachlässt, genießt vermutlich die Schmerzen seines Opfers. Ergötzt sich an der Angst vor den bevorstehenden Qualen. Klar, dafür hat er sich die Mühe gemacht. Er stellt die Uhr auf sechzig Minuten ein. Er gibt ihm sechzig Minuten sich zu befreien und verschwindet. Natürlich mit der Gewissheit, dass das Opfer es nicht schaffen kann. Dann springt die Uhr an. Platte läuft heiß. Spätestens nach fünf Minuten, wenn überhaupt, tritt die Bewusstlosigkeit ein. Dann Exodus. Könnte so gewesen sein. Die Betonung liegt auf könnte! Beweise folgen."

Samuel Winterkorn war vielleicht ein bisschen irre, aber vor seinen analytischen und forensischen Fähigkeiten hatte Juri wirklich Respekt.

„Hört sich ziemlich gut an, Samuel. Irgendwelche Spuren?"

„Ein wenig. Der Löschschaum hat viele natürliche Spuren zerstört. Da waren echte Anfänger dran. Die haben quer drüber gehalten, dabei hat es doch nur ein wenig geschmort."

„Die haben aus dem Ding einen Übungseinsatz der freiwilligen Feuerwehr Kirchdorf gemacht. Drei Bengels zwischen 16 und 19 Jahren sind hier rein. Konnte keiner ahnen, dass das die Überraschung ihres Lebens wird."

„Bockmist, wie geht's den Jungs?"

Juri hätte so viel Mitgefühl nicht erwartet und antwortete: „Hoffentlich besser. Die sind in guten Händen."

„Gut zu hören. Nun zu den guten Nachrichten. Wir transportieren das komplette Opfer so wie er da sitzt ab. Wir haben das Panzerband unten abgetrennt und ich war gerade dabei die Nägel aus den Händen zu lösen. Echte Handarbeit."

Juri reagierte nicht auf Samuels Wortwitz und fragte: „Schon etwas zu den Nägeln?"

„Ja, so wie der Kopf der Nägel aussieht wurden sie gleichmäßig reingetrieben. Das heißt, er hat eine Nagelpistole benutzt und diese Dinger sind fast wie eine Schusswaffe. Wenn es der gleiche Abrieb wie bei den Nägeln des Schwimmbadopfers ist, dann haben wir einen Doppelmörder. Das ist sicher. Dauert aber bestimmt noch bis gegen Abend."

„Prima, das wäre für die weitere Vorgehensweise immens wichtig. Hast du sonst noch was für mich?"

„Ja, Juri, als wir den Kopf angehoben haben ist mir an der Kochplatte eine Art Farbe, Wachs, Klebstoff, keine Ahnung, aufgefallen. Ich habe mich umgesehen und dort drüben im oberen Regal etwas Vergleichbares auf dem Holz gefunden. Dann habe ich mir das Regal näher angeschaut und festgestellt: die Kochplatte muss dort lange Zeit gestanden haben, bevor sie für dieses Schauermärchen verwandt wurde."

„Das bedeutet, er hat Materialien mitgebracht und einige von hier benutzt. Dann muss er vorher hier gewesen sein. Er muss diese Werkstatt und deren Inhalt gut kennen."

„Vielleicht ist es ja seine und nun braucht er sie nicht mehr?" Samuel schaute Juri erwartungsvoll an.

„Samuel, du bist ein Genie. Wirklich sehr gute Arbeit." Juri überließ ihn seiner Beschäftigung und begab sich nach draußen zu Martin.

„Martin, wer war der erste am Tatort?"

„Die Feuerwehr vermute ich. Wieso?"

„Ich muss wissen, ob die Tür zugeschlossen, offen oder aufgebrochen war?"

„Die Feuerwehr musste die Tür aufbrechen, demnach war sie wohl abgeschlossen."

„Das habe ich schon fast vermutet. Abgeschlossen, und die Bude ist nicht abgebrannt! Das war ein schwerer Fehler."

„Komm, hol mich ins Boot, Juri, ich will nicht doof sterben."

„Geht gleich los. Wie hieß der Vermieter?"

Martin blätterte in seinem Block: „Ungur Erhan."

„Ruf bitte Valerie an. Ich brauche spätestens in zwei Stunden alles über den. Sämtliche offiziellen oder inoffiziellen Geschichten. Dann Amtshilfeersuchen an die Kollegen in Dortmund, die sollen den auftreiben, einsacken und herbringen. Während du telefonierst, werde ich den Feuerhauptmenschen da drüben befragen und danach bin ich wieder bei dir. Martin, ich glaube wir haben eine Spur."

„Wenn du das sagst."

Martin informierte Valerie über den Stand der Dinge und erklärte ihr Juris Anweisungen, während Juri den verantwortlichen Feuerwehrmann befragte.

„Und? Martin, hast du sie erreicht?"

„Ja, sie hängt sich rein und gibt Bescheid, wenn sich was tut."

„Prima. Weißt du, Martin, ich habe mich die ganze Zeit gefragt: warum wollte der Täter die Werkstatt abfackeln?"

„Hatten wir doch schon. Um die toxischen Beweise in dem Körper des Opfers zu vernichten."

„Ja, das dachte ich auch die ganze Zeit. Aber es wäre niemals sicher gewesen das der ganze Körper verbrennt. Darüber hinaus hätte die Forensik, vielleicht mit wesentlich höherem Aufwand, trotzdem etwas in der Asche nachweisen können. Zum Beispiel bei Knochenrückständen etc."

„Klingt plausibel und weiter."

„Ich denke er hatte ein Problem: er musste verschwinden bevor das Opfer anfing zu schmoren um nicht von irgendjemandem der den Qualm hätte bemerken können, überrascht zu werden. Somit musste er beim Verschwinden sicherstellen, dass keiner die

Werkstatt betritt und sein Werk vorzeitig zerstört. Und wie macht man das? Indem man abschließt. Das Abschließen wäre bei einem richtigen Brand wie er es vorhatte nicht mehr nachzuweisen gewesen. Ich glaube, diese Bude war das Nest des Täters und nicht des Opfers."

„Und der Tote?"

„Tja, der Tote. Gute Frage, Martin."

„Na gut, lassen wir den Toten außen vor. Vielleicht bekommen wir etwas über die Fingerabdrücke oder DNA-Datenbank über ihn heraus. Was sagte Samuel, wann war der Todeszeitpunkt?" fragte Martin.

„Er schätzte, dass das Opfer ungefähr vier Stunden tot war. Die Feuerwehr kam wann?"

„Anruf gegen sieben Uhr dreißig, Einsatz gegen acht Uhr." antwortete Martin.

„Dann lass uns mal rechnen. Vormittags war er vier Stunden tot. Besser noch, Samuel sagte: „die Folter, nachdem die Platte ansprang, dauerte maximal fünf bis fünfzehn Minuten." gehen wir davon aus, dass die Rauchentwicklung auch noch dreißig bis vierzig Minuten dauerte, bis sie sichtbar wurde. Dann sind wir ungefähr bei einer Stunde. Also sechs Uhr dreißig."

„Dann treffen, quatschen, betäuben, festnageln und auf das Aufwachen warten. Selbst wenn er geübt und schnell ist, nicht unter drei bis fünf Stunden."

„Sehe ich genauso, Martin. Dann ist es zwischen ein und drei Uhr mitten in der Nacht."
Martin und Juri schauten sich an, grinsten und sprachen es fast gemeinsam aus: „Wie kommt man um solche Uhrzeit an so einen Ort?"

„Ich fordere von den Kollegen der Verkehrspolizei alle relevanten Bänder in der Umgebung an. Auch wenn wir noch nicht wissen, wonach wir suchen."

„Gut, und ich schick einige Kollegen los, die die Umgebung abklappern. Vielleicht finden die ein herrenloses Fortbewegungsmittel."

„Warte, Juri, ich bekomme gerade eine Info zu dem Anruf bei der Feuerwehr. Der Funkmast steht dort drüben, wo der Anrufer eingeloggt war. Auf dem Speditionsgebäude. Hier schau dir die Karte an." Martin reichte Juri sein I-Phone.

„Blödsinn. Dann haben der oder die sich dahinbewegt. Von dort kann man unmöglich den Gestank, noch den Rauch mitbekommen haben. Hätten die vor der Werkstatt gestanden, wären sie bei dem Funkmast eingeloggt gewesen." Juri deutete auf die Karte.

„Jugendliche, die hier dummes Zeug getrieben haben und mit nichts in Verbindung gebracht werden wollen?" fragte Martin.

„Klar, warum nicht. Ich werde Karsten vom Dezernat „Jugendbanden und Sitte" informieren. Die sollen sich mit Druck umhören. Vielleicht ist es wie du sagst: einige Mini-Gangster wurden durch den Qualm gestört und wollten nicht unmittelbar vor den Garagen die Feuerwehr rufen. Wird sich aber klären lassen.

So, Martin, jetzt haben wir alle beschäftigt und es geht voran. Was sagst du: noch einige Telefonate und dann Mittag? Oder ist dein sensibler Magen noch nicht bereit für Nahrung?"

„Essen geht immer. Eine Idee?"

„Hier in Wilhelmsburg gibt es eine hervorragende Riesencurrywurst mit guten Pommes Schranke. Dazu noch eine große Jolle Astra. Natürlich eisgekühlt. Geht auf mich."

„Machen wir" erwiderte Martin und fügte mit einem Grinsen hinzu: „In Geberlaune? Hast du von Svetlana eine Taschengelderhöhung bekommen?"

„Was soll ich sagen? Als Familienoberhaupt von drei Frauen nimmt man was man kriegen kann. Und lass uns bitte nicht das Fass aufmachen."

Während Martin und Juri sich ihrer Nahrungsaufnahme widmeten passierte einiges: Der Vermieter der Werkstatt, Ungur Erhan, wurde am Stadtrand von Dortmund in einem Saunaklub aufgegriffen. Eine Dortmunder Streife hatte seinen Wagen auf dem Parkplatz erkannt. Sie schleiften ihn aus dem Klub, konfrontierten ihn mit den Ereignissen und entließen ihn mit der Auflage sich zwischen sechzehn und achtzehn Uhr bei der Hamburger Mordkommission einzufinden. Darüber hinaus hatte eine Hamburger Streife ein auffällig abgestelltes Fahrzeug in Tatortnähe gefunden. Bei der Überprüfung hatten die Beamten festgestellt, dass das Fahrzeug nicht verschlossen war. Im Kofferraum fanden sie unter anderem Panzerklebeband und eine Nagelpistole. Nachdem Juri und Martin informiert wurden, ordnet Juri die Verbringung des Fahrzeugs zur KTU an. Bat aber darum einen Beamten an der Fundstelle zu belassen, weil Juri und Martin sich den Fundort genauer anschauen wollten.

„Da drüben, Juri, der Beamte."
„Ich bin ja nicht blind. Erklär mir lieber, warum der hier das Auto abgestellt hat?"
„Vielleicht stand sein Wagen hier und er hat die Autos getauscht."

„Schon möglich. Komm wir schnacken erst mal mit dem Kollegen."

Sie interviewten den Beamten, der hatte aber außer der Beschreibung der Fundstelle nicht viel zu berichten. Er bekam von Juri die Anweisung sämtliche Fahrzeugspuren auf dem Grünstreifen über hundert Meter, in beide Richtungen, sichern zu lassen. Darüber hinaus umgehend zu informieren, sobald eine Halterfeststellung erfolgreich war.

„Ich denke wir sind uns einig, Martin, das Fahrzeug ist vermutlich gestohlen oder unter falschem Namen gemietet."

„Wir sind uns auf jeden Fall darüber einig, dass die Idee mit der Currywurst eine echt blöde Idee war. Ich fühl mich als hätte ich einen Berg Steine gefrühstückt."

„Martin, du wirst langsam echt etwas schrullig. Früher hätte dich so eine Röhre gepresster Schlachtabfälle nicht aus der Ruhe gebracht."

„Früher hatte ich auch noch einen Chef, den man gebrauchen konnte."

„Das war hart. Was glaubst du was das hier mit der Karre soll? Dann das Klebeband und die Nagelpistole im Kofferraum. Hätte er gut wegwerfen können und hier hätten wir nicht einmal danach gesucht."

„Tja, leeres Auto, Nagelpistole und Panzerband hinten drin. Das ist unser Mann, das ist sicher. Den Zusammenhang verstehe ich aber auch nicht. Er stiehlt ein Auto, begeht das Verbrechen, stellt die Karre ab und flüchtet mit seinem eigenen Wagen. Plausibel, weil er nicht möchte das er irgendwo auffällt oder geblitzt wird. Wenn ich mir die Bilder von dem abgestellten Fahrzeug anschaue, sieht es aber eher nach einer panischen Flucht aus. Er plant alles über längerem Zeitraum penibel und dann so einen Abgang?"

„Vielleicht wurde er gestört?"

„Möglich, Juri, aber so ein Abgang ist dann doch noch auffälliger."

„Stimmt auch wieder, Martin. Er muss aber den Wagen gewechselt haben. Hier kommst du niemals weg ohne Auto. Schon gar nicht, wenn du es eilig hast. Schau dir den kilometerlangen Zaun an. Dann weit und breit keine Bushaltestelle."

„Über den Zaun? Viel zu gefährlich, Juri! Hinter dem Zaun beginnt das Freihafengelände. Da eiert der Zoll vierundzwanzig Stunden umher. Ganz abgesehen davon, dass der Zaun ziemlich hoch ist und eine Menge Stacheldraht obendrauf liegt."

Juris Handy klingelte. Er nahm den Anruf entgegen und signalisierte Martin das der Halter identifiziert wurde.

„Und? Mach es nicht so spannend."

„Der Halter heißt Karsten Speck, Brüderstraße 4 in der Neustadt am Hafen. Nun aber das Beste: der Wagen ist nicht als gestohlen oder vermisst gemeldet."

„Finde ich jetzt aber noch merkwürdiger." entgegnete Martin.

„Egal, jetzt gib Gas. Mal schauen was Speck so erzählt, wo er gestern war."

Die Fahrt zu der Adresse gestaltete sich zügig, zumal das Blaulicht auf dem Dach die meisten Hindernisse entfernte. In solchen Momenten liebte Juri seinen Beruf: mit Blaulicht durch die überfüllte Stadt jagen und die bösen Buben am Schlafittchen packen.

Bei der Adresse angekommen klingelten sie mehrmals und als niemand öffnete, ließen sie den hauseigenen Schlüsseldienst kommen, der die Haustür mit Spezialwerkzeug in einem Sekundenbruchteil öffnete.

Mehrere Beamte des SEK betraten die Wohnung. Martin und Juri folgten mit gezogener Waffe. Als die Wohnung „sicher" war entließen sie die Kollegen vom SEK und fingen an sich in der Wohnung umzuschauen: Drei Zimmer, Küche, Bad. Altbau. Die Möblierung in die Jahre gekommen, aber zweckmäßig. Eine Wohnung zu schlecht zum Alt werden, zu gut zum Aufgeben. Keine Handschrift einer Frau. Zumindest keiner die sich hier länger eingenistet hätte. Eben alles zweckmäßig.

„Was wissen wir über diesen Speck?"

„Bisher nicht viel, Juri. 45 Jahre alt, arbeitet bei der Firma Polka als kaufmännischer Angestellter. Verschickt dort Land- oder Seekarten. Heute nicht zur Arbeit erschienen. Nicht verheiratet, eine Tochter, die in Kanada lebt. Aussage des Arbeitskollegen. Valerie hat mit ihm telefoniert. Nicht aktenkundig. Hat der Strolch sich aus dem Staub gemacht?"

„Weiß nicht, Martin, irgendwie ist das alles nicht rund. Bisher ist das nur der Halter des Fahrzeugs. Wäre doch blöd seine Karre einfach da so stehen zu lassen, mit all dem Zeug drin."

„Meinst du der Täter hat sich den Wagen nur geliehen und der Speck liegt irgendwo verbuddelt?"

„Keine Ahnung, Martin. Jetzt haben wir einen verschwundenen Fahrzeughalter, eine Leiche ohne Identität und einen Killer von dem wir Garnichts Wissen."

„Vergiss den Bademeister nicht."

„Genau, den haben wir auch noch. Sag den Jungs, die sollen die Bude auseinandernehmen. Vielleicht finden wir etwas was Licht in die Sache bringt. Wir fahren ins Präsidium. Pia nervt die ganze Zeit, dass der Alte einen Bericht haben möchte. Warum ruft der mich nicht an?"

„Was fragst du mich das? Du bist doch der Chef."

„Gut, dass du mich daran erinnerst. Ich mach unseren Chef glücklich und du wirst mit Valerie diesen Vogel aus Dortmund vernehmen. Wenn wir die Mietverhältnisse der Garage aufklären können, kommen wir hoffentlich weiter. Die neue Soko nenne ich übrigens: Soko Nagel. Wie findest du das?"

„Ganz großartig, Juri. Da hast du mal echte Führungsqualitäten und Einfallsreichtum bewiesen."

„Ja, finde ich auch und nun fahr los, sonst labern wir hier noch den ganzen Tag rum."

Auf dem Weg ins Präsidium informierte Juri, Pia, dass die Soko Nagel sich gegen zwanzig Uhr trifft und sie die Mitwirkenden: Hauptkommissar Hans Werner vom LKA, Oberkommissarin Valerie Schnitt und Samuel Winterkorn von der KTU einbestellt.

„Habe ich richtig gehört? Zwanzig Uhr?"

„Ja, Martin, hast du."

Die Besprechung beim Chef verlief erwartungsgemäß. Kein Lob, nur viel Tadel. Eine Menge Toter, keine Verdächtigen und die berechtigte Vermutung, dass da draußen zwei Serienkiller ihr Unwesen treiben. Juri empfand für seinen Chef weder Respekt noch sonst irgendetwas. Sein Chef, Karl Theodor Ballmilch, von seinen Untergegebenen hinter vorgehaltener Hand nur Knall Knilch genannt, war glücklich mit seinem Posten und wollte auch nicht mehr. Außer vielleicht seine Ruhe. Ballmilch hatte vielleicht noch fünf Jahre bis zur Pensionierung und diese würde er absitzen mit der Gewissheit, dass nichts auf dieser Welt das verhindern könnte, außer vielleicht, er würde mit realer Kriminalität in Kontakt kommen und aus Versehen erschossen, überfahren oder als Geisel im Kofferraum enden. Deswegen achtete er tunlichst darauf, sich nicht selbst zu verletzen und sich nicht zu weit von seinem Büro zu entfernen.

Nachdem die Sachen, welche Pia mit „superdringend" gekennzeichnet hatte, erledigt waren, betrat Juri den Besprechungsraum, der schon atmosphärisch so aufgeladen war, dass er sofort merkte, dass es reichlich Neuigkeiten gab. Er nahm sich einen Becher Kaffee und zwei belegte Brötchen. Pia hatte die kalten Platten bestellt und diese waren schon schwer geplündert. Verständlich, denn alle Anwesenden hatten bereits einen stressigen, langen Arbeitstag hinter sich, bei dem Ernährung nur eine Nebenrolle spielte. Als erstes begrüßte ihn Martin: „Na, hat der Knall Knilch dich wieder rumgeholt?"

„Geht so. Er hat heute ausnahmsweise mal seinen Kopf aus seinem Hintern genommen."

„Vielleicht hat er heute Geburtstag." ergänzte Hans.

„Könnte sein. Er hatte Schokoladenflecken auf seinem Hemd. Gut, Leute, wie ich sehe habt ihr euch schon bedient. Recht so. Wenn denn jeder so weit ist, können wir loslegen. Ich denke wir haben einiges vor der Brust. Samuel, wie wäre es, wenn du uns erst mal die Dinge erzählst, die wir nicht wissen."

„Dafür reicht der Abend nicht, aber ich habe reichlich Neuigkeiten. Die Fingerabdrücke und die DNA-Spuren aus der Wohnung, dem Auto und der Werkstatt sind mit den Fingerabdrücken der Leiche identisch. Es ist unbestritten: das Opfer in der Werkstatt ist Karsten Speck."

Martin und Juri warfen sich einen Blick zu den Martin mit den Worten kommentierte „da standen wir echt auf der Leitung."

„Darüber hinaus wurde er mit der gleichen Nagelpistole festgetackert wie bei dem Bademeister. Die Abriebprofile auf den Nägeln in der Rutsche und denen von der Werkbank sind weitestgehend identisch."

„Weitestgehend, Samuel?" hakte Klaus nach.

„Für einen Gerichtsprozess würde es reichen. Vermutlich gibt es irgendwo auf diesem Planeten noch eine Nagelpistole, die solchen Abrieb macht. Es ist nicht so einmalig wie ein Fingerabdruck, aber dicht dran."

„Alles klar. Erzähl weiter." unterbrach Juri, Samuels Erklärungsversuch.

„Du hast recht ist schon spät. Dann zu dem Opfer Speck: wir haben Fusseln in den Atemwegen gefunden. Was nahe legt, dass man ihm ein Lappen in den Hals gesteckt hat, um seine Stimme zu dämpfen. Eventuell auch nur um ihn zu betäuben. Die Verletzungen sind einfach zu stark als dass man hier mit Gewissheit sagen könnte, wie es abgelaufen ist. Fakt ist: Er wurde betäubt. Vermutlich ein Farbverdünner oder Terpentinreiniger. Die Analyse läuft noch."

„Weitere DNA-Spuren?" fragte Martin.

„Reichlich. Sowohl in der Wohnung, dem Auto und der Werkstatt. Das läuft aber alles noch. Es ist viel, aber wahrscheinlich nichts von unserem Täter."

„Wie kommst du da darauf?" fragte Juri.

„Eine Vermutung, die darauf basiert, dass bei den Utensilien, die der Täter angefasst haben muss, wie z.B. die Kochplatte oder die Eieruhr, keinerlei Spuren zu finden sind. Diese

Geräte haben wir uns als erstes vorgenommen. Das schließt aber nicht aus, dass er anderswo Spuren hinterlassen hat."

„Die Nägel?"

„Wie bei dem Bademeister, Juri. Handelsüblich. Genau wie das Panzerklebeband. Interessant eventuell noch die Eieruhr. Jetzt nicht der Artikel, sondern die Konstruktion. Den Artikel bekommst du auch überall, aber um das zusammenzubauen muss man schon Ahnung von Elektronik haben."

„Dank dir, Samuel. Lassen wir das mal so stehen und konzentrieren uns erst mal auf den Tatort. Valerie, Martin, ihr habt den Besitzer der Werkstatt, Ungur Erhan, vernommen?"

„Ja" antwortete Martin, „das ist aber nicht unser Mann. Oder was sagst du, Valerie? War doch eine armselige Vorstellung von dem Typen."

„Da stimme ich dir zu. Das wäre der erste Mörder, der bei der Polizei sitzt und sich darüber Sorgen macht, dass seine Frau erfährt, dass er in einem Saunaclub war. Außerdem war er in Dortmund. Sein Alibi haben wir überprüft. Er war aber sehr kooperativ. Die Werkstatt wurde seinen Angaben zu Folge an einen Kai Mahnzahn vermietet."

„Und was haben wir über den? Der Anfangsverdacht müsste doch für einen Haftbefehl reichen?" erkundigte sich Juri.

„Schwierig. Ich habe ihn überprüft und es liegt nichts Weiteres vor. Außerdem ist er gerade irgendwo in Indonesien unterwegs. Der Typ ist Seemann. Ich habe bereits mit seiner Reederei telefoniert. Die haben bei dem Kapitän nachgefragt, ob Mahnzahn das Schiff verlassen hat. Hat er, aber nur für vierundzwanzig Stunden in Djakarta vor fünf Tagen."

„Habe überlegt ihn einfliegen zu lassen." ergänzte Martin „aber mit welcher Begründung? Weil er ein Schuppen in Wilhelmsburg gemietet hat?"

„Nein, natürlich nicht." erwiderte Juri: „lass uns da anders ran gehen."

„Was meinst Du?"

„Wir müssen komplett umschwenken. Der Doppelmord ist bestätigt: unser Pfund sind die Vorgehensweise und die Fehler des Täters. Bei solchen boshaften Morden und dieser langwierigen Vorbereitung sollten wir uns nicht nur mit Routineabläufen beschäftigen. Was wissen wir? Der Mörder hat Zeit, Energie, Kenntnisse und Raffinesse so etwas umzusetzen. Kenntnisse in der Elektrotechnik, vielleicht übers Internet angeeignet. Kommt Leute, nicht einschlafen, was haben wir noch?"

„Er muss die Opfer gekannt haben. Bei dem Bademeister ist nicht ganz klar, ob es den Richtigen getroffen hat. Doch das Opfer

Speck wurde gezielt ausgesucht und gequält. Ein klarer emotionaler Bezug."

„Genau, Hans" bestätigte Juri. „Valerie, du bist unser Recherche Weltmeister. Wir brauchen Überschneidungen in dem Leben von dem Opfer Graupner und dem Opfer Speck. Nimm dir zwei Kollegen vom KDD und pflüge das Leben der Opfer um. Befrage jeden, der jemals mit den Opfern zu tun hatte, bis etwas Gemeinsames rauskommt."

„Kein Problem, wo wir gerade dabei sind: ich habe heute mit dem Leiter der Haustechnik von der Schwimmhalle gesprochen. Eine echte Leuchte. Der hat bestätigt, dass die vorgenommenen Manipulationen schon einen gewissen Kenntnisstand voraussetzen."

„Das haben meine Leute von KTU-Einbruch auch gesagt." ergänzte Samuel.

„Vielleicht etwas konkreter?"

„Wollte gerade loslegen, Juri. Das Unterbrechen der Bewegungsmelder mit einem Zahnarztspiegel ist nicht so einfach wie man herkömmlich glaubt. Denn die Melder sind mit einem Funktionsmelder ausgestattet. Das bedeutet: wenn ich zu dicht rangehe und daran nur leicht rüttele oder die Richtung verstelle, gibt es eine Meldung ans System."

„Ist doch logisch, Samuel. Sonst würde jeder Einbrecher die Dinger erst mal bei Seite drehen."

„Genau, Hans. Wenn man denn rankommt. Hier war das nur über die Brüstung hinter der Verkleidung oder mit einer ziemlich langen Leiter möglich. Der Typ muss ein echter Fummleroni sein." ergänzte Valerie.

"Meine Leute haben sich das natürlich gründlicher angeschaut und äußerten, dass so etwas beim Geheimdienst gelehrt wird. BND-Techniker können so etwas, zum Beispiel."

„Klar, ich sehe schon die Schlagzeile, Samuel. Bademeister vom BND entmannt." Martin grinste sich einen.

„Geheimdienst" stöhnte Juri. „Macht die Sache nicht einfacher. Hans, horch dich mal um ob da irgendetwas verdecktes gelaufen oder ein Kriminaltechniker abhandengekommen ist."

„Was soll denn da gelaufen sein? Eine Bademeister Hass-Kampagne? Komm, Juri, das glaubst du doch selbst nicht."

„Nein, glaub ich auch nicht, aber der Vollständigkeitshalber, mach es bitte. Sonst noch was von dir Valerie?"

„Ja, ich habe mir die Wohnung des Bademeisters angeschaut. Nichts Besonderes, vielleicht etwas plüschig und fluffig, aber mehr nicht. Ich würde gerne noch mal hin. Jetzt mit dem zweiten Mord! Vielleicht ein anderer Blickwinkel?"

„Finde ich gut. Schau dir vorher auch noch mal die Wohnung von dem Speck an. Fotos,

Bilder, alles was die beiden Opfer zusammen-bringen könnte."

„Er hat wieder sechs Nägel benutzt. Bei der Kreuzigung von Jesus wurden doch auch sechs Nägel benutzt, oder? Je zwei in die beiden Arme und noch zwei in die Beine? Vielleicht ein religiöses Ritual? Eine religiöse Bestrafung?"

„Nicht schlecht, Samuel. Also wenn jemand einen gefallenen Pfarrer trifft, der beim Geheimdienst ist und nebenbei noch Elektrotechnik studiert hat, rufen sie uns an: Ihr Freund und Helfer."

„Hans, so abwegig finde ich das gar nicht. Schließlich hätten in der Werkstatt auch ein oder zwei Nägel gereicht."

„Klar, Juri, könnte sein. Ich glaube aber es geht hier um die Identifikation. Es ist so wie Martin bereits sagte: „der will uns etwas sagen." So in der Richtung: fangt mich, sonst höre ich nie auf."

„Das passt aber nicht ins Profil: Serienmörder mit einer Opferauswahl ohne persönlichen Bezug wollen das es irgendwann aufhört. Bei gezielter Opferauswahl, mit einem emotionalen Bezug? Passt nicht. Wäre eher eine Seltenheit."

„Das stimmt, Valerie." bestätigte Hans.

„Noch etwas?"

„Das Auto, Juri."

„Ja, das Auto, da haben wir einen echten Bock geschossen. Wir sind davon ausgegangen, dass das Fahrzeug dem Täter gehört. Nun sind wir schlauer. Die Frage ist nur: Wie ist der Täter an das Fahrzeug gekommen?"

„Diebstahl?"

„Diebstahl macht keinen Sinn und es gibt auch keine Spuren, die das belegen würden, Samuel. Ich habe die ganze Zeit darüber nachgedacht und es gibt nur eine Erklärung: er hat sich von seinem Opfer abholen lassen."

„Stimmt, Martin. Das ist die einzige plausible Erklärung. So wird ein Schuh draus." bestätigte Juri und ergänzte: „auch sind wir Anfangs davon ausgegangen, dass die Werkstatt dem Opfer Speck gehört. Wie wir jetzt wissen, hat das Opfer Speck nichts mit der Werkstatt am Hut. Der Täter hingegen hat Materialen aus der Werkstatt benutzt, wie z.B. die Kochplatte. Hat er das geplant oder war das situativ? War dein Hinweis, Samuel, du erinnerst dich?"

„Natürlich, Juri."

„Weiterhin verfügte der Täter über einen Schlüssel, um die Werkstatt abschließen zu können, damit nicht irgend Jemand während seiner Abwesenheit, als die Kochplatte ansprang, die Werkstatt betritt. Die Feuerwehr hat bestätigt, dass die Tür verschlossen war als sie anrückten. Wäre nie aufgefallen, wenn die Bude abgebrannt wäre. Hier stellt sich eine weitere Frage: woher hatte er den Schlüssel?"

„Er hat ihn dem Opfer abgenommen oder kannte Mahnzahn?"

„Vermutlich, Valerie. Bitte kontaktier den Mahnzahn noch einmal und befrage ihn dazu. Vielleicht kennt er auch jemanden Anderen, der über diese Informationen verfügt. Denn wenn du so ein Verbrechen planst, nimmst du nicht irgendeine Bude, wo jeder Zeit einer reinlatschen kann. Nun zu dem Auto: er wollte den Wagen von Speck als Fluchtfahrzeug benutzen. Er stellt das Auto irgendwo auf einen Dauerparkplatz und wir hätten uns doof gesucht. Ganz abgesehen von der Identifizierung: ohne das Auto und mit einer verkohlten Leiche, wäre es sehr viel schwieriger geworden. Zumindest wenn das Opfer keiner vermisst hätte. Was offensichtlich der Fall ist. Ein guter Plan. Der Täter hat sich von Speck abholen lassen, da bin ich mir sicher."

„So sieht es aus, Juri." bestätigte Martin und führte dann weiter aus: „dass die Werkstatt nicht abbrannte war ein Versehen, der Lappen hat sich nicht entzündet, aber warum ließ er die Karre dort einfach am Zaun stehen?"

„Wo wurde das Auto abgestellt?" fragte Hans.

„Auf einem Grünstreifen in Wilhelmsburg. Schätzungsweise fünf Kilometer vom Tatort entfernt. Völlig sinnbefreit. Ich werde mir das die Tage noch mal genauer anschauen. Es gibt immer etwas zu finden." antwortete Martin.

„Valerie, bei deiner Befragung der Nachbarn von dem Opfer Speck bitte unbedingt nach Besuchern fragen."

„Schon notiert, Juri."

„Samuel, der Täter hat mit Sicherheit auch die Wohnung von Speck betreten. Ich brauche eine DNA die sowohl in der Wohnung, der Werkstatt und dem Auto gefunden wurde. Denn das ist vermutlich unser Täter."

„Vielleicht hat er den Bademeister auch besucht?"

„Prima, Hans. Seid ihr mit der Wohnung von dem Bademeister schon durch, Samuel?"

„Wir haben noch nicht einmal angefangen, Juri. Das ist kein Tatort. Vergiss nicht, wir haben noch den Prostituiertenmord samt Wohnung."

„Okay, dann aber morgen gleich als erstes. Vielleicht haben wir einen identischen DNA-Fund, der in beiden Wohnungen vorkommt. Hast du die Wohnung von dem Bademeister versiegelt?"

„Natürlich, Juri." antwortete Valerie mit einem Augenrollen.

„Klar!" Juri schaute auf die Uhr und es war bereits zweiundzwanzig Uhr dreißig. „Ich denke, es reicht für heute."

Er verteilte wie gewohnt noch detailliert die Aufgaben für den nächsten Tag und wünschte seinen Kollegen eine gute Nachtruhe.

Auf dem Weg nach Hause dachte er daran, dass er wieder seine Familie versetzt hatte. Zuhause angekommen, es war bereits halb Zwölf, schlich er sich nach dem Duschen zu Svetlana ins Bett. Wenigstens wollte er nicht wieder auf dem Sofa aufwachen.

„Sie haben den ganzen Abend auf dich gewartet. Was heißt sie. Wir!"

„Was soll ich sagen?" Juri versuchte gerade sich zu erklären, als Svetlana ihm den Finger mit den Worten: „Nichts, Juri. Schlaf jetzt." auf den Mund legte. Danach gab sie ihm einen Kuss auf die Stirn und er hätte nicht gedacht, dass ihm ein einziger Kuss so viel bedeuten würde. Einen Bruchteil später riss ihn die Müdigkeit in das Dunkle der Nacht. Nur einmal schreckte er auf, mit der festen Überzeugung eine Nagelpistole gehört zu haben.

Der drauffolgende Tag begann weitestgehend so wie der Letzte geendet hatte. Nur Zuhause war die Stimmung wiedererwartend besser. Juri vermutete, dass seine Frau mit seinen Töchtern geredet hatte und diese sich deswegen etwas zurücknahmen. Im Büro angekommen, versuchte er sich als erstes an seinen neunundsechzig Mails, die er im Posteingang vorfand. Einen Großteil davon konnte er glücklicherweise an Pia weiterleiten. Der Rest verschlang fast den ganzen Vormittag. Dazu noch diverse eingehende und ausgehende Telefonate, Absprachen mit anderen Ressortleitern, die beim Vorbeigehen reinschauten und ein kurzes, aber intensives Gefecht mit Martina Bleihorn, Abteilungsleiterin des Bereichs Finanzierung und Budgetierung. Es ging wie immer um das liebe Geld, ausstehende Quittungen und die Gelegenheit, sich gegenseitig auf den Sack zu gehen, welche man nicht verstreichen lassen wollte. Es gab wenige Menschen im Präsidium, die mit so einer Leidenschaft ihre gegenseitige Abneigung pflegten.

Zum Mittagessen ging er in die Kantine und verbrachte eine schnelle Mahlzeit mit Kollegen von anderen Dezernaten. Er erzählte von seinen neuen Fällen und die Kollegen von ihren neuen „Abenteuern": ein neuer Rockerkrieg bahnte sich im Rotlichtmilieu an, eine lokale Einbruchserie wurde aufgeklärt, ein pensionierter Kollege verstarb an Krebs und ein Großeinsatz gegen die organisierte Kriminalität endete im Chaos, weil die Verantwortlichen sich nicht richtig abgestimmt hatten.

Dann Themen wie Beförderungen, Jubilare, Scheidung und wer mit wem Fummelt. Letztendlich, wie eigentlich immer, ein Schwall von Witzen und Anekdoten über die Führungsetage.

Nach dem Essen und der damit verbundenen Reizung seines Zwerchfells war Juri in guter Form sich seiner eigentlichen Arbeit zu widmen. Er verabredete mit Valerie, sich die Wohnung des Bademeisters noch mal genauer anzuschauen. Dies war aber erst in einigen Stunden möglich da zurzeit eine Truppe von der Spurensicherung ihrer Arbeit nachging. Er machte einen Termin um achtzehn Uhr. Dann telefonierte er mit Locke: Der hatte ihm gemailt, dass er und Norbert einen Tag früher zurückkommen würden. Er beschloss die Soko Draht für sechzehn Uhr einzuberufen und dann hinterher mit Valerie die Wohnung zu besichtigen. Weiterhin erkundigte er sich bei der Profilerin Prof. Dr. Elke Vogelkern, mit aller Höflichkeit, um sie nicht zu verschrecken, ob sie mit ihren bisherigen Ergebnissen an dem Termin teilnehmen könnte. Die restliche Zeit widmete er sich Pia, damit die in dem ganzen Chaos nicht die Lust verliert. Sie an eine andere Dienststelle zu verlieren wäre der Supergau. Ihm graute schon jetzt vor der Urlaubszeit. Gerade als Pia und Juri sich der Budget- und Spesenabrechnung für Frau Bleihorn widmen wollten, schneite Locke rein und Juri empfand es als „Gottes Fügung", seinen Privatkrieg mit der Dame zu verlängern.

„Hey, Locke, schön dass du wieder hier bist. Wie war es bei den Holländern."

„Ach, weißt du, das Marihuana ist auch nicht mehr das was es mal war. Aber dafür gab es reichlich Käse mit Erdnusssoße."

„Entschuldigung, wenn ich euch unterbreche, aber was ist mit den Abrechnungen? Die Bleihorn hat schon mehrmals nachgefragt."

„Ich weiß, Pia, aber das hat noch etwas Zeit. Ich mach das am Wochenende. Leg es auf meinen Schreibtisch. Du kannst dann Schluss machen."

„Das lass ich mir nicht zweimal sagen. Du bist der Chef."

Pia war augenblicklich verschwunden.

„So, Locke, schieß los, wie war Rotterdam?"

„Warte ich schließ erst mal die Tür. Wir haben uns in Bremen schwer reingehängt, damit wir zwei Nächte in Rotterdam haben. Musst du der Bleihorn irgendwie erklären. Übernachtungsbelege bekommst du morgen. Die liegen im Auto."

„Wird mir ein Vergnügen sein."

„Ich kann dir sagen, Juri, die Holländer verstehen was vom Feiern. Norbert und ich waren gerade angekommen, als sie uns Mitteilten, dass sie alles schon koordiniert hatten. Befragungs- und Besichtigungstermine und alles was wir brauchten lag schon kopiert in einer Mappe auf dem Tisch. Gute Jungs. Dann fragten sie uns, ob sie uns die Stadt zeigen sollten. Wir waren echt durch. Aber wollten uns so eine Stadtführung nicht entgehen lassen. Gegen zweiundzwanzig Uhr haben die uns vom Hotel abgeholt und dann sind wir in einen Laden gefahren, der hieß „Babes and Beer". Eigentlich eine normale Sportsbar. Großer langer Tresen, fantastisches gezapftes Bier und gut durchgemischtes Publikum. Der Clou war aber, dass im Stundentakt drei Frauen auf dem Tresen strippten. Ich kann dir sagen: Prachtweiber und alle mit einem Hintern beschenkt, so perfekt wie der Vollmond über Alabama. Der ganze Laden am Durchdrehen und das Bier floss in Strömen. Dann kamen noch einige Kollegen von der Drogenfahndung dazu. Als die hörten, dass wir aus Hamburg waren, haben die richtig einen rausgehauen. Dann haben wir gemeinsam, natürlich mit Blaulicht, die halbe Stadt umgepflügt. Inklusive einem zweistunden Seafood Menü erster Klasse. Muss gegen drei Uhr morgens gewesen sein. Natürlich mit oben ohne Bedienung. Ich habe die ganze

Truppe nach Hamburg eingeladen. Vielleicht kriegen wir so ein Austauschseminar hin."

Locke bekam sich gar nicht wieder ein und es dauerte nicht lange bis sich Martin und Norbert auch noch dazu gesellten. Das Ganze glich einem Kneipengespräch. Ein schlüpfriger Kalauer jagte den anderen und die Wortwahl überschritt mehr als einmal die Grenzen der Geschmacklosigkeit. Beendet wurde das Gespräch als sie feststellten, dass Frau Prof. Dr. Elke Vogelkern in der Tür stand mit den Worten: „Bloß nicht erwachsen werden, meine Herren, dass könnte ja einer positiven Entwicklung ihrer Persönlichkeit förderlich sein."

Die Vier merkten, dass die Realität sie wieder eingeholt hatte. Juri übernahm das Wort und sagte: „Elke, schön dass du es geschafft hast. Wir treffen uns gleich im Besprechungsraum II. Nimm dir doch schon mal einen Kaffee."

Elke schaute Juri an, als wenn der einen Indianerschmuck auf dem Kopf trug und sagte: „Juri! Ich hatte schon zwei Kaffee, denn ich warte bereits seit dreißig Minuten. Im Übrigen die anderen auch."

Juri scheuchte die Truppe in den Besprechungsraum II, entschuldigte sich bei den Anwesenden für sein zu spät kommen, erkundigte sich bei ihnen ob ein einheitlicher

Kenntnisstand vorlag oder Fragen zu der vergangenen Sitzung bestehen. Als keine Fragen aufkamen eröffnete Juri die Soko Draht.

„Hans, du hattest angedeutet das es weitere Opfer gibt?"

„Vermutlich. Es ist schwierig Morde genau zuzuordnen, denn wie ich bereits sagte, Prostituiertenmorde gibt es reichlich weltweit. Darüber hinaus arbeiten Polizeibehörden in Europa unterschiedlich und weltweit sowieso. Deswegen habe ich mich auf die Merkmale der Brutalität: das eingeschlagene Gesicht und das Merkmal mit dem verschlossenen Mund konzentriert. Vergleichbares haben wir in Bangkok gefunden. Zwei Frauen binnen einer Woche vor sieben Jahren. Eine Engländerin, zweiunddreißig Jahre und eine Italienerin, achtundzwanzig Jahre. Eingeschlagenes Gesicht und zerstörte Mundpartie. Hier hat er kein Draht benutzt, sondern dem Opfer ein Handtuch bzw. ein Kopfkissenlaken in den Mund gestopft. Sie wurden jeweils im eigenen Hotelzimmer aufgefunden. Die thailändischen Behörden haben sofort reagiert auf die internationale Anfrage. Bisher haben wir nur Bilder von den Opfern am Tatort bekommen. Hier. Könnte unser Mann sein." Hans reichte die Bilder rum. „Alles andere wird aber bestimmt noch eine Woche dauern. Übersetzer und so weiter sind angefordert. Von anderen Dienststellen ist noch nichts gekommen. Nur eine telefonische Bestätigung aus Kapstadt, Südafrika, ist bei uns eingegangen. Die melden sich aber noch mal."

„Dann war deine Vermutung richtig, dass da noch mehr hochkommt."

„Ja, Juri, leider. Aber lass uns noch warten bis wir Gewissheit haben. "

„Ist viel unterwegs der Typ." bemerkte Locke.

„Genau, das dachte ich mir auch gerade: vielleicht ein Pilot?"

„Vielleicht, Valerie, vielleicht aber auch ein Soldat, ein Seemann oder ein Klempner, der keine Lust mehr hat fürs Morden zu fliegen." entgegnete Locke.

„Okay, Hans, wenn bei dir neue Fälle eintrudeln, hältst du uns auf dem Laufenden. Elke, wie sieht es mit dem Profil aus?"

„Ich habe mir viel Gedanken gemacht, Juri. Ich habe aber leider noch sehr wenig Informationen."

„Gib uns das was du hast. Bitte in Kurzform: ich will noch mit Valerie eine Wohnung besichtigen."

„Du willst doch nicht etwa mit Juri zusammenziehen?"

„Nein, keine Sorge, Elke. Es ist nur eine Opferwohnung." entgegnete Valerie mit einem Grinsen.

„Elke, bitte?" forderte Juri.

„Okay, die Gewaltorgie zeugt von einem gestörten Verhalten dem Opfer gegenüber. Er will ihnen was Heim zahlen, für etwas was sie ihm in seinen Augen angetan haben. Wobei das in einer anderen Welt passiert sein kann. Das Milieu ist dafür eine Art Parallelwelt, die er für sich nutzt. Hier genießt er einen Vertrauensvorschuss, den er bei anderen Frauen nicht hat. Wenn auch auf finanzieller Basis. Dieses Umfeld befreit ihn davon, sich zu früh als etwas zu erkennen geben zu müssen, was ihn selbst ängstigt oder gar ekelt."

„Also weiß er was er ist."

„Ich denke schon, Juri, deswegen zieht er sich in dieses Milieu zurück. Er weiß, wie gefährlich er sein kann in der falschen Situation. Darüber hinaus könnte man behaupten, dass er sehr kontrolliert ist. Ich weiß, das klingt jetzt widersprüchlich, aber es ist schon logisch. Er versucht für sich selbst das größte Risiko zu vermeiden. Ihr müsst es euch so vorstellen" Elke rang nach einem erklärenden Vergleich.

„Wie Übergewichtige die nur Diät Torten essen?"

„Naja, Martin, mehr wie Spielsüchtige die begrenzt Geld in das Kasino mitnehmen. Sie hoffen nicht alles zu verspielen, wissen aber genau, dass die Wahrscheinlichkeit sehr hoch ist, dass es passiert. Somit treffen sie Vorsichtsmaßnahmen."

„Okay, Elke, nun ist es für uns schwierig den Menschen in die Birne zu schauen. Hast du nicht vielleicht etwas Konkretes, etwas Greifbares?"

„Klar, ich habe euch ein Passbild von dem Täter mitgebracht. Auf der Rückseite ist seine Adresse. Ich hoffe sie ist noch aktuell."

„Elke, bitte, du weißt doch was Locke meint. Wir sitzen doch alle im selben Boot." ging Juri leicht genervt dazwischen.

„Entschuldigung, aber bei der Aktenlage kann ich auch keine Wunder vollbringen. Ich brauche einfach mehr Zeit. Ich denke das Rotlichtmilieu ist ihm vertraut. Deswegen fällt er auch nicht auf. Vielleicht ist er viel auf Reisen und greift daher auf diese Beischlafmöglichkeit zurück. Ein Handelsvertreter, Seemann, Pilot oder ein Vertriebsleiter einer internationalen Firma. Ein Mensch der nicht allzu viel häusliche Anbindung hat. Darüber hinaus hat er vermutlich kaum äußere auffällige Merkmale. So bleibt er nicht sonderlich im Gedächtnis und es gibt ihm Sicherheit bei seinem Vorgehen. Er gehört aber nicht dazu. Sein privates und berufliches Umfeld ist ein anderes."

„Wie kommst du darauf?" fragte Samuel.

„Er ist finanziell solide aufgestellt, denn diese Art Frauen kosten Geld. Daraus lässt sich schließen, dass er arbeitet oder eine andere Geldquelle hat. Denn Bargeld oder andere

Wertgegenstände wurden bei den ermordeten Prostituierten nicht vermisst. Die Geldquelle wird aber nicht im Milieu liegen, denn dann wäre er bekannt in den Kreisen und die Chance wiedererkannt zu werden, zu groß. Bei der Wahl der Damen hat er erfahrene Frauen im Alter zwischen achtundzwanzig und achtunddreißig Jahren gewählt. Vorwiegend Mitteleuropäerinnen, deswegen ist es statistisch gesehen sehr wahrscheinlich, dass er dem selben Alters- und Kulturkreis zuzuordnen ist. Weiterhin funktioniert die Zuordnung von Richtig und Falsch. Das heißt, er geht planmäßig vor. Er zieht viele Gegebenheiten in Betracht für sein Vorhaben. Er kann bewerten, einschätzen und organisieren. Somit würde ich auf mittleres Bildungsniveau tippen. Tut mir leid, Leute, mehr ist nicht drin."

„Danke, Elke, das war schon ziemlich gut und gibt uns die Möglichkeit den Täterkreis einzuschränken. Ich werde jetzt mit Valerie in die Wohnung von dem Bademeister fahren. Samuel und Norbert, ich möchte das ihr euch die Spuren und alles was ihr aus Bremen und Rotterdam habt anschaut. Locke, wäre prima, wenn du die Aussagen noch mal durchgehst die die Kollegen euch mitgegeben haben. Vielleicht gibt es Überschneidungen, die uns weiterbringen. Ansonsten allen einen schönen Feierabend. Wenn noch etwas Gravierendes passiert: Ihr wisst ja, wie ihr mich erreicht."

Juri schnappte sich Valerie und gemeinsam fuhren sie zu der Wohnung des Bademeisters Graupner. Während der Fahrt merkte er wie sehr er noch immer die Gesellschaft von Valerie genoss. Es war das Jugendliche und die Unbekümmertheit, die er mit ihrer Person verband. Früher hatte er sich im Kopf zusammen gesponnen mit ihr durchzubrennen und hier alles zurückzulassen. Einfach ins Auto steigen und nie mehr anhalten. Heute war ihm dieser Gedanke nur noch peinlich. Er, verheiratet, Vater von zwei Kindern und leitender Ermittler der Mordkommission, brennt mit einer fünfzehn Jahre jüngeren Kommissar Anwärterin durch. Das wäre der Topact in der Kantine geworden. Dabei gab es nie irgendwelche Anzeichen, dass sie überhaupt irgendetwas von ihm gewollt haben könnte. Genau genommen wusste er mit Ausnahme von dem Namen und der Gegend, in der sie aufgewachsen ist, das Geestland, nichts Privates von ihr. Abgesehen von dem Dienstlichen und den Gerüchten in der Kantine. Trotzdem erwischte er sich wiederholt dabei, die hätte-wenn Geschichte zu Ende zu dichten. Ein kleines Häuschen in Thailand oder an der französischen Atlantikküste. Er schreibt Kriminalromane, sie arbeitet als Deutschlehrerin an einer Grundschule und abends sitzen sie in ihrem kleinen Garten und erfreuen sich an einem Gläschen Rotwein.

Valeries Stimme riss ihn aus seinen Träumereien: „Da wir gerade unter uns sind. Ich werde was tun, weiß aber nicht, ob das in Ordnung ist. Wenn es nicht passt, musst du mir versprechen es sofort wieder zu vergessen."

Juri noch halb am Träumen antwortete reflexmäßig: „Klar, Valerie, schieß los. Was immer es ist."

„Ehrenwort?"

„Ehrenwort! Als Chef und als Freund."

„Na gut: Ich bin mit meiner Freundin zusammengezogen und wir haben uns verlobt. Wir machen eine kleine Feier und ich hätte dich und Svetlana gerne dabei. Aber wäre prima, wenn das unter uns bleibt. Ich habe meine Kollegen echt lieb aber die quatschen so schon genug Blödsinn. Du weißt was ich meine?"

Juri zuerst überrascht, antwortete dann mit einem Lachen: „Gerne kommen wir, Valerie, und danke für dein Vertrauen. Wie heißt denn die Glückliche?"

„Martina, sie arbeitet bei Norbert. Spurensicherung! Du hast sie bestimmt schon mal gesehen. So eine kleine Blonde mit einem Hamburger Mundwerk."

Juri wusste gleich wen Valerie meinte, denn Norbert hatte sich bereits über die junge Dame geäußert und bevor bei Juri irgendwelche Bilder im Kopf entstehen konnten, setzte er das Gespräch mit der Frage fort: „Wie lange seid ihr schon zusammen?"

„Schon über fünf Jahre und es war nicht immer einfach. Ich meine nicht nur die männlichen Kollegen, sondern auch der Schichtdienst und der ganze restliche Müll, den man von der Arbeit mit nach Hause schleppt."

„Ich weiß genau was du meinst, Valerie, aber das ist der Job." Er hatte den Satz gerade ausgesprochen als er merkte, wie einfältig und anteilslos er geworden war. Er ärgerte sich darüber, wie wenig er sich als Chef für seine Mitarbeiter interessierte. Fünf Jahre war Valerie in dieser Beziehung und Juri hatte keine Ahnung von irgendetwas. Augenblicklich wurde ihm bewusst, wie sehr der Job ihm alles Menschliche entzog, und er ahnte, dass diese Entwicklung vor seinem Privatleben keinen Halt gemacht hat.

Die Beschreibung von Valerie zu der Wohnung vom Bademeister mit dem Ausdruck „fluffig" war ziemlich treffend. An allen Ecken

119

stieß man an grenzwertige Gemütlichkeit. Kein Raum der nicht zum Kuscheln oder anderem einlud. Der Besuch, der hierher kam sollte sich nicht nur wohlfühlen, er sollte bleiben.

Kein Sitzplatz der nicht die Möglichkeit eines Sitznachbarn zuließ. Ausziehbares Schlafsofa vor dem Fernseher. Darüber ein Poster mit der Stones Zunge, umgeben von aus der Wand ragenden Dimm-Lampen. Auf den Tischen reichlich Kerzen und ein aufgeschlagener Gedichtband von Rilke. Über der Wohnzimmerauslegware ein flauschiger Flokati der jeder Spontanität genügen würde. An den Wänden die große Schrankwand und ein Bücherregal. Daneben ein lebensgroßes Poster von Hulk Hogan in silbernen Hotpants und freiem Oberkörper. Die obere Hälfte des Bücherregals versehen mit allem was einen Namen für Namenlose hat: Mann, Brecht, Hesse, Kafka, Goethes Faust und weitere Rilke Gedichtbände. Der Großteil der Bücher Attrappen. Im unteren Teil diverse CDs: Kuschelrock eins bis zehn, Love Songs eins bis drei, Kuschel-Klassik Rock eins bis fünf, die große Partysause eins bis acht, Love Instrumentals eins bis neun und vier handsignierte CDs von Wolfgang Petri.

Der Wohnzimmerschrank mit reichlich Gedöns versehen. Obendrauf eine kitschige Seemannsfigur, eingekesselt zwischen zwei

Uraltvasen. Staubfänger. Das kannte Juri von Zuhause. Jedes Teil nutzlos aber mit einer besonderen Geschichte, meistens Urlaub. Zu schade zum Wegwerfen. Warum auch immer. Dann das Schlafzimmer. Ein Schlafzimmer wie eine offene Hose. Im Mittelpunkt das Bett: groß, breit, stabil. Bezogen mit samt roter Ikea Bettwäsche und obendrauf Kissen mit verspielten Bärli-Aufdrucken. Über dem Bett ein koloriertes Bild von Sylvester Stallone als Rambo. In den beiden Nachttischschubladen vielfarbige Geschmackskondome und diverses Sexspielzeug.

„Hast du eigentlich schon mit einigen Damen reden können, die unser Sex-Protz beglückt hat."

„Ja, Juri, mit einigen und das Urteil fiel nicht sonderlich gut für ihn aus. Die einhellige Meinung war: „er war ein guter Bademeister und er wäre ein noch besserer Liebhaber gewesen, hätte er niemals den Mund aufgemacht." Unterm Strich: guter Körper aber doof wie Brot."

„Irgendwelche Verdächtige?"

„Nein. Genau genommen habe ich mich hinterher gefragt: wer wen benutzt hat?"

„Tja, vermutlich haben wir hier ein Schaf im Wolfspelz." erwiderte Juri mit einem Grinsen und begab sich in die Küche. Die Küche praktisch und offensichtlich weitestgehend unbenutzt. Plastikobst in der Tischschale. Im Kühl-schrank zwei Flaschen Sekt und mehrere Pa-kete Super Power Riegel. An der Wand ein Greenpeace Kalender und mehrere Kaffee-tassen mit Bürosprüchen.

„Hast Du irgendwo ein Laptop oder PC gese-hen?"

„Nein, aber so wie die Frauen über ihn gere-det haben, hätte er so etwas sowieso nicht bedienen können."

„Jetzt wirst du gemein, Valerie. Im Bad etwas gefunden?"

„Nein, nur Kondome, Gleitcreme und so ein Zeug."

„Hätte ich mir denken können und wie krie-gen wir beide jetzt den Werkstattmenschen und den Bademeister zusammen?"

„Keine Ahnung, Juri."

„Der hat nirgendwo Fotos rumstehen."

„Vielleicht hat er nur welche die man nicht zeigt?"

„Vielleicht. Aber ich verstehe es nicht. Der Typ ist doch eine echte Pfeife. Was kann der einem antun, dass man sich so viel Mühe gibt ihn in einer Rutsche zu filetieren?"

„Hass auf Dummheit, Oberflächlichkeit oder banaler Neid auf ein buntes Sexualleben."

„Könnte sein, Valerie, aber da gibt es doch noch viel bessere Exemplare. Außerdem wäre bei so einem niedrigschwelligen Motiv nicht so etwas Subtiles die Vorgehensweise. Nein, glaub mir: Dieser Typ hat etwas ganz Besonderes gemacht, damit ihm diese Aufmerksamkeit zu Teil wurde. Fragt sich nur was? Und was hat das mit Karsten Speck in der Werkstatt zu tun?"

„Juri, es ist bereits zehn Uhr. Wenn du mir versprichst, dass es dir noch einfällt, hör ich dir noch eine Weile zu. Ansonsten könnte ich jetzt auch gut Schluss machen."

„Du hast Recht. Die Jungs sollen morgen alles an Papieren mitnehmen, vielleicht finden wir etwas. Soll ich dich rumfahren?"

„Gerne, dann muss ich nicht noch zurück ins Präsidium und meinen Wagen holen."

„Na dann los."

Juri hatte Valerie Zuhause abgesetzt und fuhr dann auf direktem Weg zu seiner Familie. Er genoss die Ruhe, die leeren Straßen und die damit verbundene Freiheit sich seinen Gedanken widmen zu können. Er hatte es im Kopf: irgendetwas hatte er in der Wohnung übersehen, er hatte nur keine Ahnung was. Er kam nicht drauf und als er Zuhause ankam, es war bereits dreiundzwanzig Uhr fünfzehn, verwarf er den Gedanken. Er parkte vor seinem dunklen Haus und stellte fest, dass irgendetwas anders war, konnte es aber nicht genau einordnen. Er schrieb diese Intuition seinem schlechtem Gewissen zu, weil er es einfach nicht schaffte, Veränderungen her- beizuführen. Es mangelte nicht an Liebe zu seiner Familie. Er hätte alles für seine Frauen getan. Doch „alles" war ein großer Begriff. Eben nur ein Wort im leeren Raum und nicht aufzuwiegen mit einem Vater bzw. Ehemann der Zuhause war, wenn er gebraucht wurde. Der Wille zur Veränderung war da gewesen: Er hatte Seminare besucht die einem vermit- telten, wie man delegiert und sein Leben strukturiert. Zeitmanagement nannte sich das. Vermittelt von einem BWL-Studenten als Dozenten. Marke Gewinnertyp. Dunkelblauer Anzug, Streifenhemd ohne Krawatte und in seinem schwarzen Koffer die englische Aus- gabe des Manager Magazin. Seinem Verhal- ten nach zu urteilen hatte er mit einer syn- thetischen oder biologischen Wochenendab- hängigkeit zu kämpfen. Vermutlich Kokain. Schaumschläger gibt Ratschläge. Super au- thentisch: hätte nur noch gefehlt, dass er nach einer Blaulichtfreifahrt fragt.

Dann als weiteren Bonbon für ihn von seinem Arbeitgeber eine dreiwöchige Kur in Mecklen- burg-Vorpommern: Viel Jogginghosen und Gedränge am Buffet. Morgens schon eine Ge- räuschkulisse wie auf einem Bahnhof: Aus der Form geratene bulgarische Hammerwer- ferinnen kämpften mit Mettigeln auf zwei Bei- nen um imitierte und limitierte Wildschwein Hubertuspastete.

Dazwischen anteilslose, ausgebrannte Medikamentenzombies und als Gegenstück, muntere, aufgeweckte Verwaltungsfachangestellte aus dem öffentlichen Dienst, die bereits ihre dritte Kur innerhalb von fünf Jahren abfeierten.

Als Platzhirsche die Adrenalin gesteuerten Tretminen. Typen von oben bis unten bemalt, mit starren, unsicheren Augen. Das Muskelshirt als letztes Zeichen des Willens sich die Birne einschlagen zu lassen. Warum auch nicht? War ja nichts drin.

Darüber hinaus die Ausgebrannten. Welche glücklich waren auf Staatskosten eine Auszeit von allem nehmen zu können. Ein Geschenk. Ein Geschenk was sie über viele Jahre mit ihren Rentenbeiträgen finanziert hatten.

Als Tagestruktur reichlich Ballspiele, Yoga und Gesprächsgruppen. Stühle im Halbkreis. Ausgemergelte, unterbezahlte Therapeuten, die in ihrer abgestumpften Routine sich vermutlich zum Selbstschutz weitestgehend raushielten, und an die täglichen Problemlösungsgruppen verwiesen.

Dort kommt jeder dran. Der Reihe nach. Und der Psychologe stoppt die Zeit. Sechs Minuten. Jeder darf und soll mal erzählen.

Der Wille war da. Der Versuch den Leuten zu erklären, wie man sich fühlt, wenn man einen Kopf in der Mülltonne findet.

Vom Nebenmann ein resignatives: „Vergiss es, wird nichts. Habe ich auch schon versucht." ein Rettungssanitäter.

Der Psychologe begleitete die individuellen Redebeiträge mit keiner professionellen Stellungnahme, sondern übergibt an den Nächsten mit den Worten: „jeder Tag kann dir gehören, wenn du es willst."

Nach der Bemerkung: „das hat Charles Manson auch nach dem Aufstehen gedacht" musste der Rettungssanitäter die Gruppe verlassen.

Ansonsten in der Gruppe die Menschen, die den Kit einer Gesellschaft bilden: Sozialarbeiter, Postboten, Betriebsräte, Feuerwehrleute, Paketfahrer, Rettungssanitäter, Pflegepersonal, Notaufnahmeschwerstern, Soldaten, Polizisten und Menschen mit einer Betriebszugehörigkeit von mehr als 10 Jahren, die einfach zu teuer geworden sind und nun mit Terror vor die Tür gebracht werden sollen. Dazu noch ein übergewichtiger Hamburger Punk, der nicht begriff, dass das bedingungslose Grundeinkommen nicht die Lösung für ihn ist. Das Banken- und Finanzdienstleistungsgewerbe war nicht vertreten.

Die Klinik stand im Privatisierungsumbruch und durch den Kostendruck wurde die Unterscheidung zwischen Patienten und Personal immer schwieriger. Nachdem Juri eine Hörgerätebatterie im Frühstücksquark fand, brach er die Kur ab, was die Grundlage für die bis heute andauernde Fehde mit Martina Bleihorn, Abteilungsleiterin des Bereichs Finanzierung und Budgetierung, manifestierte. Nach wenigen Monaten im Präsidium war er wieder dort, wo er angefangen hatte. Berge von Überstunden, Schlafstörungen, Tinnitus und nach wie vor nur eine Alternative als Lösung: ein Jobwechsel.

Das war vor drei Jahren.

Juri saß noch immer gedankenversunken in seinem Auto und starrte auf sein Haus. Wieviel Zeit inzwischen vergangen war wusste er nicht. Er konnte nicht genau einordnen was ihm davon abhielt hineinzugehen. Es war Instinkt oder auch Angst. Juri kannte sich damit aus: Ängste können wachsen und wachsen, bis die Angst zur Wirklichkeit wird und einen auffrisst. War sein größter Albtraum zur Wirklichkeit geworden? Der Verlust seiner Familie.

Juri verdrängte den Gedanken, sprang aus seinem Auto und bewegte sich auf die Haustür zu, als unerwartet sein Handy klingelte. Auf dem Display erschien die Nummer von Samuel Winterkorn.

Er wollte nicht ran gehen, musste es aber, denn um diese Uhrzeit war es garantiert wichtig. Nicht unbedingt für ihn, mehr für die Menschen die um diese Uhrzeit in ihren Häusern sorglos schliefen.

„Samuel, sag mir, dass das ein Versehen war."

„Wieso bist du so schnell dran, Juri?"

„Gute Frage! Ich musste noch mit dem Hund raus, der hat sich den Magen verdorben." log er „und du? Warum bist du noch nicht in der Falle?"

„Schlafen kann ich schon lange nicht mehr und ich hatte keine Lust allein vor dem Fernseher zu sitzen." Juri wusste genau was Samuel meinte.

„Aber findest du es nicht ein bisschen zu spät für ein gute Nacht Gespräch?"

„Nein, Juri. Ich bin hier bei Norbert in der KTU und wir haben uns die ganzen DNA-Spuren angeschaut."

„Kommt, macht mich glücklich." Juri wieder voll im Ermittlungsmodus.

„Ich stelle auf laut, damit Norbert mithören kann."

„Hallo, Juri." kam es aus dem Hintergrund.

„Hey, Norbert, was hast du dir denn aus Holland mitgebracht, dass du noch wach bist? Oder sind das noch die Nachwirkungen aus dem „Babes and Beer"?"

Norbert antwortete mit einem Lachen: „Juri! Nicht am Telefon. Du kennst doch unsere Kollegen. Wenn die mal wieder nichts zu tun haben, hängen die sich nur aus Blödsinn bei uns rein und dann muss ich die nächsten zwei Jahre nicht nur Kaffee holen, sondern den auch noch bezahlen. Aber hör zu: wir haben eine Übereinstimmung!"

„Klasse, schieß los."

„Im Wagen eine DNA-Spur die mit einer Spur in der Werkstatt übereinstimmt. Und die ist nicht vom Opfer Speck."

„Nicht schlecht, Norbert, aber auch nicht so der Knaller. Zumindest nicht um diese Uhrzeit. Wir wissen doch, dass der Täter in der Werkstatt war und auch, dass er das Auto als Fluchtauto benutzte. Haben wir einen Namen oder irgendetwas aus der Datenbank?"

„Nein, Juri," ging Samuel dazwischen „aber wir haben noch eine dritte Übereinstimmung zu dieser DNA."

„Jetzt mach es nicht so spannend, Samuel!"

„Wir haben bei einer der ermordeten Prostituierten die gleiche DNA festgestellt."

„Das klingt schon besser. Dann war unser Täter also ein Freund der käuflichen Liebe. Wo habt ihr die DNA gefunden?"

„Juri! Deswegen würden wir dich doch nicht nachts aus dem Bett klingeln." erwiderte Samuel energisch und ergänzte: „wir haben die DNA-Spuren der holländischen Kollegen eingehend untersucht. Dabei war auch ein winziges Stück Scharmhaar, welches die holländischen Kollegen im Rachen einer ermordeten Prostituierten gefunden haben. Diese war zugerichtet wie die anderen uns bekannten Opfer."

„Gut! Er hat sich ein Blasen lassen. Befragt die Nachbarn, vielleicht haben die ihn gesehen. Wir können den Zeitpunkt gut eingrenzen. Gute Arbeit."

„Der hat es immer noch nicht geschnallt. Sag mal, Juri, wie bist du eigentlich Chef der Mordkommission geworden. Du bist fast schon so degeneriert wie Knall Knilch." grölte Norbert aus dem Hintergrund mit einem Lachen.

„Was denn?"

„Gut, ich erkläre es dir, Juri." begann Samuel seinen Satz: „der Täter hat der Prostituierten seinen Penis in den Mund gesteckt. Nichts Besonderes: wäre sie nicht schon tot gewesen. Der Zeitpunkt ist das Ding. An dem Haar war geronnenes Blut des Opfers. Das bedeutet, dass der Akt nach der Tötung aber vor der Verdrahtung geschah. Es kann nur der Täter gewesen sein. Wir haben seine DNA, das ist sicher. Und diese ist eben identisch mit DNA in dem Auto und in der Werkstatt. Solche Zufälle gibt es nicht!"

„Ausgenommen es handelt sich um zwei Täter. Einer der tötet und einer der sich hinterher bedient und ihr den Mund verschließt." kommentierte Norbert.

„Gut, die Möglichkeit besteht natürlich. Zwei Perverse die sich den Job teilen oder eine neue Produktpalette aus dem Rotlichtmilieu." ergänzte Juri.

„Ist doch egal!" ging Samuel lautstark dazwischen: „wir haben eine DNA und diese stimmt mit DNA aus der Werkstatt und dem Auto überein. Dann diese Brutalität mit den Nägeln bei Graupner und Speck als auch das Verdrahten bei den Prostituierten. Die gleiche Sprache. Wie die Frauen und die beiden anderen Toten zusammenhängen, kann ich dir nicht sagen, aber: es ist derselbe oder dieselbe. Das ist sicher!"

Juri musste Samuels Ausführungen einen Moment sacken lassen und wiederholte dann: „Nur ein Täter? Der Mörder von Speck, dem Bademeister und den Prostituierten ist ein und derselbe?"

„So sieht es aus, Juri." bestätigte Samuel.

„Wie sicher ist das?"

„Wir haben es gründlich gemacht. Würden aber morgen einen weiteren Durchlauf durch ein anderes Team veranlassen und wenn die zu dem gleichen Schluss kommen: neunundneunzig Prozent." antwortete Norbert.

„Das ist natürlich einen Anruf wert. Wirklich gute Arbeit, Leute, und als Belohnung dürft ihr bei dem nächsten Einsatz vorne sitzen. Schiebt das alles an und wenn wir zu dem gleichen Ergebnis kommen, ziehen wir das Ding neu auf."

„Geht klar, Juri, und du pass auf das dir dein Hund nicht wegläuft. Bis dahin."

„Keine Sorge, Samuel. Bis dahin."

Die Neuigkeit, dass es sich vermutlich „nur" um einen Serientäter handelte beflügelte Juri. Er ging zu seinem Haus und beim Aufschließen der Haustür erkannte er, warum er nicht rein wollte. Auf seine Instinkte war verlass. Das Haus war leer. Svetlana hatte ihn mit den Töchtern und seinem Hund verlassen. Auf dem Wohnzimmertisch fand er den Brief. Sie brauchte Zeit zum Nachdenken.
Es war zwei Uhr fünfundvierzig.

Juri hatte sich frei genommen, um seine Frau Svetlana und die Kinder wieder zurückzugewinnen. Er stand zu allen möglichen und unmöglichen Uhrzeiten entweder mit Blumen oder Geschenken und meistens mit beidem vor der Tür. Für die Kinder waren seine Besuche anfänglich eine, im wahrsten Sinne des Wortes, schöne Bescherung. Als sie jedoch realisierten, dass jeder Besuch vom Papa nur im Streit mit der Mama endete, verweigerten seine Töchter den Kontakt zu ihm. Ob Juri nun angemeldet oder spontan vorbei schaute spielte keine Rolle mehr. In diesem Haushalt war er nun für seine Liebsten zum Störenfried geworden. Seine Töchter mussten immer irgendwo hin: die Schulaufgaben machen, Freundinnen besuchen, zum Sport oder zum Musikunterricht. Und wenn ihnen nichts mehr einfiel, waren sie einfach nur müde und schlossen sich in ihrem Zimmer ein. Die sehr wenigen Gespräche, die sich ergaben, verliefen weitestgehend unterkühlt und knapp. Und am Ende kam immer die gleiche Frage: „Papa, warum hast du alles kaputt gemacht?"
Seine drei Damen hatten sich auf ein gemeinsames, fieses Feindbild eingeschossen. Überraschender Weise erfüllte es ihn

ein wenig mit Stolz wie seine Frauen zusammenhielten, auch wenn er alles abbekam.

Die wenigen Momente, wo er mit seiner Frau allein reden konnte, liefen immer gleich ab: erst der Wille zur Vernunft, dann Vorwürfe, dann Geschreie und letztendlich Wut und Tränen. Ein Desaster.

Schließlich unterließ Juri spontane Besuche und beschränkte sich auf Anrufe. Der Schmerz saß tief und immer, wenn er die Lösung seiner Probleme auf dem Boden einer Wodkaflasche suchte, was inzwischen täglich geschah, neigte er dazu nachts bei Svetlana anzurufen. Er drohte, er heulte, er machte Versprechungen, er schimpfte, er beleidigte und er entschuldigte sich. Hilflosigkeit gepaart mit Wut auf sich selbst und dem Unvermögen, Realitäten anzuerkennen.

Nach nur wenigen Tagen standen seine Kollegen vor der Tür und erklärten ihm, dass es besser wäre, wenn er es unterließe, denn wenn nicht, würden sich seine Frau und somit auch die Kinder eine Geheimnummer zulegen.

Die Abende in der Einsamkeit waren lang und die Morgen eine Katastrophe. Verkatert und mit brutalen Kopfschmerzen begann der Tag. Seit der Trennung jeder

Tag. Aspirin und Kontersprit überbrückten die wenigen Stunden bis zum neuen Rausch.

Anfänglich hatte das Tageslicht, welches durch die Fenster drängte, ihm noch einen Tag-Nacht Rhythmus beschert. Langfristig jedoch entschied er sich für Jalousien und die Dunkelheit.

Inzwischen beschränkte sich sein Reich auf sein Sofa vor dem Fernseher, auf dem er neuerdings auch dauerhaft nächtigte. Oder besser: einfach vollgesoffen vor dem laufenden Fernseher einschlief. Umgeben von Pizzaverpackungen, leeren Flaschen und dem Gestank von Verwahrlosung.

An einem Morgen fand er seine Dienstpistole auf dem Wohnzimmertisch. Entsichert und geladen. Er vermutete, dass er den Abend zuvor damit hantiert hatte. Erinnerungen hatte er keine. Eine Mischung aus Angst, Panik und Scham überfiel ihn. Er malte sich aus, welches Bild er hinterlassen würde, wenn er es hier so zu Ende bringt. Der Gedanke, dass seine Töchter ihn so verwahrlost und fertig sehen würden, war zu viel.

Er verschloss seine Dienstpistole im Pistolenschrank, änderte täglich die Zugangskombination und hinterlegte mit Hilfe einer Leiter diese im oberen Bücheregal. Die Leiter brachte er danach in den Keller.

Sein erstes tägliches Ritual, welches endgültige, verheerende Trauerspiele verhindern sollte.

Er kippte sämtlichen Sprit in die Toilette und die Sucht peinigte ihn bis in das Rückenmark: Schlaflosigkeit, Schweißausbrüche, Zitterattacken und Gliederschmerzen.

Juri hielt durch. Er beschäftigte sich mit dem Lesen von Polizeiberichten und forensischen Büchern, Sport, Masturbation, Putzen, Körperpflege, Masturbation, Keller aufräumen, Selbstverteidigungstraining und Masturbation. Es füllte Zeit. Doch der Tag war lang, sehr lang. Und die Nächte noch länger.

Unabhängig davon, wie er sich beschäftigte, am Ende stand immer die nimmersatte Krake Traurigkeit. So nah wie zurzeit war er dieser Empfindung noch nie gekommen. Ein Moment ohne Beschäftigung und schon füllte sie sein ganzes Dasein.

Nach nur wenigen Tagen Abstinenz merket Juri, wie es sprunghaft mit ihm Bergauf ging. Er wollte raus aus der Bude. Er musste raus.

Nach nur kurzer Zeit entschied er sich dafür wenigstens seine Arbeit vernünftig zu Ende zu bringen. Nur noch diesen einen Fall, und dann würde er Lebewohl sagen und sich seine Familie zurückholen.

Zwei Tage nach diesem Entschluss saß Juri in seinem Dienstwagen und war auf dem Weg ins Präsidium.

Im Präsidium zu sein fühlte sich gut an. Er war beschäftigt und seine Kollegen scheuten sich nicht mit Tipps und Tricks aufzuwarten, mit denen man über eine Trennung hinwegkommt. Denn Trennung und Scheidung waren bei der Polizei so normal wie Doppelbrause bei Bluna.

Sein Chef, Karl Theodor Ballmilch, in der Truppe mehr unter den Namen Knall Knilch bekannt, offerierte Unterstützung in allen Facetten. Ein netter Zug.

An seinem Arbeitsplatz hatte sich nicht viel verändert. Formulare in Form von Abrechnungen, Genehmigungen, Protokollen und Einsatzberichten überhäuften seinen Schreibtisch. Darüber hinaus noch hunderte von Mails in seinem Postfach.

Er köderte seine Assistentin Pia mit der Aussicht auf ein Original Massaman Curry inklusive Vor- und Nachspeise bei ihrem gemeinsamen Lieblingsthai und konnte sie so zu einer bis in die Nacht hinein andauernden Aufräumaktion überreden. Zu zweit und mit dem organisatorischen Geschick seiner Assistentin war das Chaos schnell beseitigt. Danach schickte er Pia mit einem ausgeschmückten Dankeschön nach Hause und vertiefte sich in die Akten der Soko Draht und der Soko Nagel. Er setzte für den kommenden Tag am Morgen eine Besprechung mit den führenden

Mitarbeitern der beiden SOKOs an und verschickte entsprechende Einladungen. Die Zeit lief. Und jede Stunde, die er im Büro verbrachte, rettete ihn vor seinem Zuhause.

Ungefähr gegen drei Uhr suchte er sich einen freien Übernachtungsraum im Präsidium. Normalerweise waren diese Räume für Zeugen oder Angehörige von Tatinvolvierten reserviert. Doch er war bei weitem nicht der Einzige Angestellte der Polizeibehörde, der diese Räume zur Übernachtung nutzte. Und wenn man den Geschichten von den Kollegen aus der Kantine Glauben schenkte, wurde in diesen Räumen schon öfters der Grundstein für eine Hochzeit oder eben für eine Scheidung gelegt. Ein Bett und eine eigene Dusche mit Klo. Fast schon Luxus für ein paar Stunden Schlaf. Er informierte den KDD wo er zu finden sei, legte sich hin und schlief umgehend ein.

Es war ein unruhiger Schlaf. Mehrfach wachte er schweißgebadet auf. Im Traum wollte er eine Leiter erklimmen, doch die hatte keine Stufen.

Am frühen Morgen erhielt Juri einen Anruf von seinem Kollegen und langjährigem Freund Martin Rogge.

„Hey, Juri, kaum bist du wieder an Bord und schon läuft es. Wir haben ihn!"

„Morgen, Martin. Wie? Ihr habt ihn?"

„Na ja. Unseren Frauen- und Bademeistermörder. Dieses Schwein, welches Menschen an Werkbänke nagelt."

„Schon klar. Aber wer ist er und vor allen Dingen wo ist er? Ist er schon hier im Präsidium?"

„Nein, leider nicht. Er ist noch auf See, aber sein Schiff, die „Ocean Hero", wird in circa drei bis vier Stunden in Hamburg einlaufen. Sein Name ist Thorben Itjen. Geboren in Bad Bederkesa, Niedersachsen. Vierundvierzig Jahre, nicht verheiratet, keine Kinder. Zumindest keine offiziellen."

„Okay. Und was haben wir, oder wie seid ihr denn auf den gekommen?"

„Hervorragende Polizeiarbeit natürlich. Aber ernsthaft, das ist wirklich eine lange Geschichte. Wir sind über den Mieter der Hütte in Wilhelmsburg, dort wo wir das angenagelte Opfer gefunden haben, darauf gestoßen. Also nicht der Eigentümer, den die Kollegen in Dortmund aus dem Bordell gezogen haben, sondern Kai Mahnzahn, der offizielle Mieter, der während der Tatzeit auf See war. Dieser hatte bei einer zweiten Befragung erwähnt,

dass das Opfer Speck bei der Schlüsselübergabe für die Hütte einen Kollegen dabei
hatte, der angeblich zu Besuch war. Und dieser Typ hieß Thorben und fuhr ebenfalls zur
See. An den Nachnamen konnte er sich nicht
richtig erinnern, er meinte es wäre so etwas
wie Tietjen oder Fietjen gewesen. Da die Kollegen von der Bundespolizei See sowieso dabei waren, die vermeintlich zusammenhän-
genden Morde und die dazugehörigen Tatorte
im In- und Ausland auf Gemeinsamkeiten wie
zum Beispiel standardmäßige Schiffsrouten
oder Reedereidependenzen zu überprüfen,
fütterten sie die Datenbank zusätzlich mit
dem Namen Thorben. Und Bingo! Der gute
Thorben wechselte zwar in der Vergangenheit
häufiger das Schiff, aber bei den zur Verfügung stehenden Heuerregistern tauchte im
Zusammenhang mit den Tatorten immer nur
ein Name wieder auf: Thorben Itjen. Er war
zur Tatzeit in Hamburg, Bremen, Rotterdam,
Bangkok und Kapstadt. Bei fast allen vermeintlichen Opfern lag sein Schiff zur Tatzeit
vor Ort. Darüber hinaus ist er alleinstehend
und arbeitet zurzeit als Schiffselektroniker."
„Hört sich gut an. Solche Zufälle gibt es nicht.
Verbindung zu den bekannten Opfern?"
„Nein! Leider keine. Bisher. Ausgenommen
die Schlüsselübergabe zwischen Speck und
Mahnzahn wo Itjen anwesend war. Speck und
Itjen müssen sich gekannt haben. Woher

auch immer. Aber vergiss nicht, wir haben die DNA und damit kriegen wir ihn, wenn er es ist."

„Ist er polizeilich bekannt? Irgendwelche Vorstrafen?"

„Ja, Juri, das ist er, aber das ist schon mindestens zwanzig Jahre her. Verstoß gegen das Betäubungsmittelgesetzt. Die Akte müssen wir erstmal ausgraben."

„Lass mal, dass mach ich. Du nimmst ihn in Empfang und schleifst ihn sofort hierher. Wer hat denn das Sagen auf so einem Dampfer?"

„Ich habe den Kapitän und den ersten Offizier des Schiffes miteingebunden. Natürlich mit dem Hinweis auf absolutes Stillschweigen. Ich habe ihnen erzählt, er wird wegen Unfalfahrerflucht gesucht."

„Gut gemacht, Martin. Nicht, dass der gute Thorben über Bord springt und sich in der Elbe versenkt. Wen habt ihr an der Pier?"

„Die Port Security und zwei zivile Einsatzteams von unseren Leuten. Das müsste reichen. Schließlich weiß der nichts von seinem Glück."

„Sehe ich genauso. Holt euch den Drecksack und dann sehen wir uns hier im Präsidium. Ich bereite hier alles vor. Und, Martin, das war wirklich gute Arbeit!"

Juri beendete das Telefonat und bemerkte, wie sein Puls bereits im Greif-Modus lief. Das Eintreffen des vermeintlich Verdächtigen war noch knapp vier Stunden hin und bis dahin gab es noch reichlich Arbeit. Bis zur Vernehmung wollte er möglichst alle bekannten Informationen über Thorben Itjen gelesen haben. In dem Labor benötigte er Kapazitäten für die erkennungsdienstliche Erfassung. Und sein Vorgesetzter sowie die Staatsanwaltschaft mussten auf den neuesten Stand gebracht werden. Juri lief wieder zur Höchstform auf und kontaktierte alle Personen, die bei der Beweisführung hilfreich sein könnten. Er genoss es wieder im Spiel zu sein. Und es hatte ihm gefehlt, beängstigend war nur, wie sehr.

Die Festnahme an der Pier lief, abgesehen von einigen rüden Bemerkungen seitens des Verdächtigen gegenüber Martin, weitestgehend reibungslos. Thorben Itjen wurde ins Präsidium überführt. Er durchlief fast schon gleichgültig sämtliche erkennungsdienstliche Prozeduren und wurde in das Vernehmungszimmer gebracht. Hier warteten bereits Juri und Martin. Martin besprach das Aufnahmeband mit Datum, Uhrzeit, Namen der Anwesenden und Grund der Befragung. Juri führte die Vernehmung.
„Guten Tag Herr Itjen. Ich bin Hauptkommissar Sokolov und das ist mein Kollege Hauptkommissar Rogge, aber den kennen sie ja be-

reits von der Pier. Wir haben eine Menge Fragen oder andersherum, wissen sie warum sie hier sind?"

„Na ja, man sagte mir es ginge um Fahrerflucht. Zu dumm nur, dass ich schon seit vielen Jahren kein eigenes Auto mehr habe. Darüber hinaus ein bisschen sehr viel Aufwand für ein Verkehrsdelikt. Dann die ganze Nummer mit den Fingerabdrücken und dem DNA-Test. Riecht schwer nach Gewaltverbrechen. Und Sie beide sind doch bestimmt nicht von der Verkehrserziehung, oder? Aber um auf ihre Frage zurückzukommen: ich vermute, dass Sie glauben, dass ich ein Killer bin."

Martin und Juri waren verblüfft. Sie hatten diese kalte Reaktion nicht erwartet. Kurz schlich sich bei ihnen der Gedanke ein, einen „Wichtigtuer" verhaftet zu haben, versuchten aber, es sich nicht anmerken zu lassen. Juri setzte die Vernehmung fort.

„Haben Sie Menschen getötet?"

„Getötet! Klingt grausam der Begriff."

„Wer waren denn ihre Opfer?"

„Opfer? Schon wieder so ein fragwürdiger Begriff. Sind wir nicht alle Opfer irgendwo und irgendwann? Vermutlich hießen die wohl Joy, Princess, Tiffany, Pearl oder Uschi. Suchen Sie sich eine aus." Ein mieses Lächeln umspielte Thorbens Mund.

„Sie finden das amüsant?" ging Martin dazwischen.

„Amüsant ist übertrieben, aber wie stellen Sie sich das vor? Ich frag doch nicht bei Nutten nach dem Namen, zumal die meisten den selbst nicht kennen."

Juri gefiel die Entwicklung gar nicht, denn Martin zeigte trotz seiner langjährigen Erfahrung seine Abneigung gegenüber dem Verdächtigen nur allzu deutlich. Martin war grundsätzlich bei Gewalt gegen Frauen sehr dünnhäutig. Doch hier ging es nicht um Befindlichkeiten, sondern um professionelle Arbeit, die einen Serienmörder überführen sollte. Juri übernahm wieder die Gesprächsführung mit dem Ziel, dem Verdächtigen einen verbindlichen Beweis für die Untermauerung der bestehenden Ermittlungsergebnisse als auch einen Beweis für die Echtheit seiner Behauptungen zu entlocken.

„Herr Itjen, wenn Sie sagen Sie kannten keines ihrer Opfer beim Namen, versuchen wir es mal mit einem Namen, den wir kennen: Andreas Graupner!"

„Sie meinen diesen abgerissenen Bademeister und Hobbyzuhälter?"

Diese Info hätte der Verdächtige aus der Presse haben können, also hakte Juri umgehend nach.

„Genau, der Bademeister! Haben Sie den getötet?"

„Ich denke, der hat bekommen was er verdient hat. Ist schon eine fette Überraschung, nur mit einer Badehose bekleidet und ohne Vorahnung in Stahlnägel reinzurutschen. Im Nachhinein betrachtet, hätte er viel länger leiden müssen."

Das mit den Stahlnägeln hatte die Pressestelle der Polizei Hamburg wegen der Angst vor Nachahmern zurückgehalten. Somit war das entweder Insider oder Täterwissen.

„Wie sieht es mit dem Namen Karsten Speck aus? Auch eines ihrer Opfer?" erkundigte sich Juri.

„Kaschi, die alte Säge! Der hatte eine heiße Nacht und letztendlich ist ihm wohl die Hitze zu Kopf gestiegen." antwortete Thorben Itjen mit einem erneuten breiten Grinsen.

Nun war es deutlich. Vor ihnen saß der Mörder von Graupner, Speck und einer Vielzahl von Frauen.

„Herr Itjen..." begann Juri seine Befragung.

„Sie können mich Thorben nennen. Herr Hauptkommissar Sokolov. Warum so förmlich?"

„Klar, warum nicht. Ich bin Hauptkommissar Sokolov und das ist Hauptkommissar Rogge. Also Thorben, was uns natürlich interessiert ist das Motiv. Warum haben Sie das gemacht und dann mit so viel Aufwand?"

„Gerechtigkeit!"

„Okay. Und weiter?"

„Das ist eine lange Geschichte."

„Wir haben Zeit und Sie ja sowieso." entgegnete Juri.

„Da muss ich sehr weit ausholen. Und meine Hoffnung, dass Sie das Kapieren, ist dann doch eher gering."

„Versuchen Sie es! Wir wollen verstehen, wie es so weit kommen konnte. Und die Frauen! Warum die Brutalität?"

„Schwieriges Thema!"

Juri schaute sich sein Gegenüber genau an: Ungefähr eins achtzig groß, ausgedünntes, blondes Haar. Magere, sehnige Statur. Ungepflegte Haut und abgekaute Fingernägel. Beim Reden sah man sein plombiertes, lückenhaftes, gelbes Gebiss. Am Hals und an den Armen ausgeblichene, grobe Narben. Von dem Erscheinungsbild her eine eher unsympathische Gestalt. Rubrik graue Maus mit exorbitantem Bitterkeitsüberschuss.

Juri ahnte schon, dass vor ihm jemand saß der nach eigenem Empfinden um sein ganzes Leben beschissen wurde und dafür den noch Schwächeren die Rechnung präsentierte.

Juri führte die Befragung fort.

„Okay, dann später, kein Problem. Bleiben wir bei dem Bademeister Andreas Graupner."

„Herr Kommissar, wie bereits gesagt, dass ist eine lange Geschichte?"

„Fangen Sie doch einfach von vorne an. Woher kannten Sie das Opfer?"

„Kann ich ein Glas Wasser haben?" fragte Thorben.

„Natürlich." Juri gab dem Beamten an der Tür ein Zeichen.

Es war offensichtlich, dass Thorben es zelebrierte. Martin und Juri hatten das schon öfter erlebt. Das Finale, in dem der Täter sich endlich mitteilen kann. Dem Rest der Welt die unsagbare Ungerechtigkeit, die ihm widerfahren ist entgegenzuschleudern. Er würde nicht erzählen, er würde erklären. Ausführlich und unbeirrbar. Sie mussten ihn nur labern lassen. Und was immer da kommen würde, am Ende standen viele Jahre Freiheitsentzug und der Abstieg in die Bedeutungslosigkeit. Das war sicher.

Thorben brachte sich auf seinem Stuhl in eine bequemere Sitzposition, ließ seinen Becher Wasser erneut nachfüllen und fuhr sich mit der Hand durch seine spärlichen Haare mit dem Satz: „Na gut, wenn Sie es denn wissen wollen, dann fang ich mal ganz vorne an, damit Sie es verstehen: Meine Familie ist in der dritten Generation Krabbenfischer. Das heißt, Fischer sind wir schon seit vielen Generationen aber einen eigenen Kutter hatten wir erst seit drei Generationen. Der ganze Stolz unserer Familie. Ich hingegen konnte dem nie etwas abgewinnen. Ich esse nicht mal Fisch.

Mein Opa und seine Vorfahren hatten ein Leben lang für diesen Pot malocht. Ein Krabbenkutter. Fünfzehn Meter lang, fünf Meter breit und ca. zwei Meter Tiefgang. Nicht für die große Fahrt, sondern vielmehr für Krabben, Muscheln und Spezialfischfang in Küstennähe geeignet.

In der Fischerei gibt es wesentliche Unterschiede, was den Fang, die Fahrroute und das Fangwerkzeug betrifft: So unterscheidet man zwischen der Frischfischfischerei, der Krabbenfischerei, der Muschelfischerei und der Spezialfischerei. Bei der Frischfischfischerei vor der Küste oder nahe den Flussmündungen werden Stellnetze, Reusen, Langleinen und Schleppnetze eingesetzt. Damit fängt man je nach Jahreszeit Seezunge, Dorsch, Scholle und Krebse. So war es zumindest früher, vor meiner Zeit. Ich habe die alten Geschichten noch immer im Ohr. Geschichten von vollen Netzen und fetten Edelfischen, die an den Höchstbietenden versteigert wurden. Klar, für Seezunge und Dorsch kann man heute auch noch einen guten Preis erzielen. Natürlich nur wenn das Gewicht stimmt. Wichtig sind hier die Auflagen bezüglich Größe, Gewicht und Fangzeit. Wenn die nicht eingehalten werden und die Wasserpolizei kontrolliert, und die kontrolliert ständig, kostet es richtig viel Strafe und der eh schon lausige Gewinn ist dann ganz schnell wieder weg. Es gab sogar Fälle, wo der Kutter beschlagnahmt und die Fanggenehmigung entzogen wurde.

Die Krabbenfischerei hingegen wird nur in der Nordsee in Küstennähe betrieben und die Muschelfischerei beschränkt sich auf die Wattengebiete der Nordsee. Bei den sehr gefragten Nordseekrabben muss man immer den Tagespreis auf dem Schirm haben. Dieser Schwankt nämlich gewaltig. Unter die Spezialfischerei fällt die Fischerei auf Aal mit Großreusen. Wobei heute die beste Zeit für Aal schon lange vorüber ist. Frischer Aal ist heute schwer zu bekommen und sauteuer.

Aber das aufreibendste auf so einem Kutter sind die Entbehrungen. Die Enge zum Beispiel: tagelang keine Privatsphäre und mit Menschen zusammengepfercht, die Furze anzünden für ein Morgen Matinee halten. Dann das Geschaukel, es hört nie auf. Tag, Nacht, im Hafen, auf See, scheiß egal, so ein Kutter schaukelt unaufhörlich. Dazu dieser andauernde Gestank. Eine Mischung aus Kotze, Diesel und Fischabfällen. Den werden sie auch nicht wieder los. Von den Händen geht es mit viel Lauge und reichlich schrubben ab, aber aus den Haaren oder gar aus der Nase verschwindet dieser Gestank nicht. Keine Chance. Irgendwann riecht man es nicht mehr, weil die eigenen Geruchssinne so gestört sind, das heißt aber nicht, dass der Rest der Menschheit das gleiche Problem hat. Die riechen einen schon.

Dann die beschissenen Arbeitszeiten. Mein Leben bestimmten Fischschwärme, Ebbe, Flut und Fangzeiten. Privatleben Fehlanzeige. Und wenn einmal ein Wochenende frei war, präsentierte ich mich mit kalkweißen, blankgeschrubbten Händen und dem Dunst einer ganzen Fischfabrik unseren Dorfschönheiten. Kam super an.

Ich habe den Kutter und alles was damit zusammenhing gehasst. Ist aber auch nicht so, dass ich gefragt wurde. Wozu auch? Es wurde von der Familie beschlossen das ich eine Kutterlehre mache, und dann war das so. Für mich ein absoluter Horrortrip. Andererseits war ich froh, dass meine Familie kein Beerdigungsunternehmen oder einen Schlachtbetrieb hatte."

„Das kann ich mir vorstellen. Und da sind Sie dem Graupner begegnet?" fragte Martin, der kein Interesse an weiteren Seemannsgeschichten hatte.

„Nein, das war viel später. Die Fischereigenossenschaft, die für den Kutter meines Opas zuständig war, wurde verkauft. Die alten Kutter ausrangiert und durch größere, leistungsstärkere ersetzt. Gott sei Dank. Darüber hinaus wurden komplett ausländische Besatzungen angeheuert. Im Regelfall blieb nur der Kapitän an Bord. Die Älteren der Besatzung retteten sich in die Rente. Die Jüngeren bekamen ein wenig Abfindung und landeten bei der Arbeitsagentur. So lief es auch bei mir und als angelernter Hilfsmatrose von einem kleinen Kutter waren die Aussichten düster. Nach langen Diskussionen und der Androhung von Sanktionen seitens der Arbeitsagentur willigte ich ein, unter Berücksichtigung meiner Vorkenntnisse, vorübergehend eine Arbeit auf einem Hochseefischereischiff anzunehmen. Eine Hamburger Reederei suchte händeringend nach angelernten Fachkräften und versprach mir, bei Eignung, einen Ausbildungsplatz zum Schiffselektroniker auf einem Containerschiff. Ich machte ein Jahr brav meine Arbeit auf dem Trawler und die Reederei hielt ihr Versprechen. Ich bekam einen Ausbildungsplatz für den Beruf des Schiffselektronikers. Langfristig bedeutete das für mich: raus in die weite Welt. Und so bin ich in Hamburg gelandet. Im Seemannsheim, denn ein großer Teil der Ausbildung lief über die Hamburger Seemannsschule."

„Da haben Sie in jungen Jahren aber schon einiges mitgemacht. So ein Seemannsheim ist doch bestimmt auch nicht so gemütlich?" fragte Juri. Er hatte kürzlich eine Fortbildung mit dem Titel, „Kommunikation durch Wertschätzung", absolviert.

„Gemütlich? Damals war das Seemannsheim wie eine Jugendherberge für Neandertaler und Soziopathen. Spärlich eingerichtete Mehrbettzimmer, welche über mehrere Etagen von langen Linoleumfluren abzweigten. Alkohol und Rauchen auf dem Zimmer oder auf den Fluren verboten. Der nachweisliche Gebrauch von Drogen jeder Art führte zum Rauswurf. Aber natürlich nur bei denen, die dem Hauswart Freddy, ein echtes Tier, nicht genug bezahlten. Fernsehen bis zweiundzwanzig Uhr im Gemeinschaftsraum. Wobei man sich sowieso nicht traute, den Senderknopf anzufassen. Ich hatte es in meiner fast grenzenlosen Naivität versucht und am Ende so eine aufs Maul bekommen, dass mir zwei Zähne fehlten. Es ging nicht um das Fernsehprogramm. Es ging ausschließlich um Respekt und Gehorsam. Ein Epizentrum der Doofen. Schlägereien waren dort an der Tagesordnung. Ich hatte mal aus Versehen den falschen Tabakbeutel vom Esstisch mitgenommen und schon steckte ich mit dem Gesicht in der Hühnerbrühe. Damit ich es nicht vergesse, haben sie mir Zigarillos am Hals ausgedrückt." Thorben zeigte eine veraltete, aber deutliche Narbe am Hals. „Aber es traf nicht nur mich. Es traf jeden der nicht genug zahlte und oder sich nicht wehren konnte. Wie bei den Neandertalern."

„Und Graupner?" fragte Martin mit einem genervten Unterton.

Thorben reagierte wiederholt leicht gereizt auf Martin, fuhr dann aber mit seiner Geschichte fort.

„Wissen Sie, was das Problem in so einem Seemannsheim ist? Das man keinen versteht. Und diejenigen, die man versteht, mit denen will man nicht reden. Einiges ging über Englisch, aber auch nur Smalltalk. Wie auch immer. Nachdem ich mal wieder mit Prügel an der Reihe war, setzte sich Graupner zu mir und bot mir eine Zigarette an. Das war das Netteste, was mir seit Langem passiert war in dem Laden. Er sagte: „Nimm diese Idioten nicht so wichtig und wenn du zu uns gehörst, dann wird das nicht mehr passieren." Was ein Angebot. Und natürlich war ich sofort dabei.

Der Graupner und sein Buddy Karsten Speck fuhren auf Kümos innerhalb Europas. Holland, Belgien, Frankreich. Während der Fahrten organisierten sie Kisten von zollfreien Zigaretten, Schnaps und Parfüm. Wir hatten die sündigste Meile der Welt vor der Tür. Das Zeug ging weg wie geschnittenes Brot. Ich war für die Auslieferung zuständig. Gastronomen, Nutten, irgendwelche Clans, die ihre eigenen Verteilerstrukturen besaßen. Ich hatte überall Zutritt, nachdem Graupner und oder

Speck mich vorgestellt hatten. „Das ist unser Mann!" sagten sie. Fühlte sich gut an. Damals zumindest. Warum die beiden im Milieu so gut vernetzt waren, begriff ich erst viel später. Das verticken lief eine ganze Weile so. Ich bekam einen kleinen Teil vom Gewinn, die Prügeleien hörten auf und bei den Nutten war ich auch gefragt, was mir super Konditionen einbrachte. Die beiden hatten sogar einen Arzt an der Hand, der mich je nach Bedarf krankschrieb. Einfach perfekt.

Im Nachhinein betrachtet, diente das alles nur dazu, um mich in ihre Scheiße reinzuziehen. Es dauerte nicht sehr lange und Graupner erzählte mir, dass sie mir nun trauen könnten und ich es wert sei, aufzusteigen. Und „wir reden jetzt über Geld verdienen. Keine Peanuts mehr." Eben all das Zeug, was einen beeindruckt, wenn man jung und doof ist. Ich bekam den Auftrag, mich mit einem Mitbewohner aus dem Seemannsheim mit dem Namen „Scream" zu treffen. Scream kannte jeder im Seemannsheim aber die wenigsten hatten je ein Wort mit ihm gewechselt. Der Typ war genauso groß wie breit. Eine echte Schrankwand. Schwarzafrikaner. Selbst die größten Seebären gingen dem Typ aus dem Weg. Ich hatte mal mitbekommen, wie Scream einen Seemann aus

Norwegen vermöbelt hat. Danach waren keine Fragen mehr offen."

„Haben Sie den richtigen Namen von Scream?" fragte Martin.

„Nein, ich habe ihn auch nicht nach seinem Ausweis gefragt." erwiderte Thorben. „Aber ich hatte auch nur einmal direkt mit ihm zu tun. Es war ein zwei-Minuten-Gespräch oder besser, Monolog. Er erklärte mir, dass er etwas für meine beiden Kollegen bei Bedarf zur Verfügung stellt und machte eine Ansage wie es zu laufen hatte. Darüber hinaus, dass ich ihn niemals wieder ansprechen sollte. Für Kontakte sei ausschließlich und nur in dringenden Fällen sein Stellvertreter „Second Scream" verantwortlich. Weiterhin, dass, wenn sein Name irgendwo auftaucht oder eine andere „respektlose Scheiße" passieren würde, sein Freund Last Scream die Kundenbeziehung übernehmen würde. Glauben Sie mir, das war keine Drohung, sondern eine Prophezeiung. Das war echte Oberliga. Da stehen sie nicht auf und sagen: ich weiß nicht so recht, mal schauen. Es gab kein Zurück und das wussten Graupner und Speck. Ich hing voll drin."

„Wie sollte das Geschäft denn laufen? Es ging doch offensichtlich um harte Drogen?" erkundigte sich Martin.

„Klar, Kokain und Heroin. Der Ablauf war banal: wenn Bedarf bestand, wurde bei dem Hausmeister im Seemannsheim, Freddy, eine Nachricht hinterlegt. Diese bestand aus einem Namen für das Produkt: Kokain zum Beispiel hieß Meike, einem Nummerncode in Form einer Uhrzeit und einem Datum für die Abholung. Wenn also Freddy die Nachricht erhielt: „Hallo Meike, vielleicht könnten wir uns am 5.04. um zehn Uhr treffen" bedeutete das: ein Kilo am 5.4. War das „Treffen" um ein Uhr waren es hundert Gramm und so weiter. Zahlung erfolgte bei der Übergabe in einem verschlossenen Umschlag, so dass Freddy immer fein raus war. Es wurde eine vierundzwanzig Stunden Lieferung garantiert und die Abstecke für Freddy ging auf den Lieferanten. Ich habe so gut wie nie Geld oder den Inhalt der Pakete zu Gesicht bekommen."

„Und die Abnehmer oder Verteiler? Ein Kilo harter Drogen loszuwerden ist doch sicher nicht einfach?" fragte Martin.

„Das glauben Sie. Wir hatten die Meile vor der Tür: Nutten, Türsteher, Touristen, Discobesitzer, Zuhälter. Alle wollten Party und dafür war Kokain perfekt. Ich übernahm das Zeug bei Freddy und übergab es an Graupner und Speck. Die haben es gestreckt und mir dann eine Liste in die

Hand gedrückt. Ich habe ausgeliefert. Bestellungen gingen ausschließlich über die beiden."

„Thorben, Sie wussten doch, dass das eine Einbahnstraße war und wo so etwas endet?"

„Klar, Sokolov. Ich war vielleicht naiv, aber nicht dumm. Aber so einfach ist das nicht. Ich hätte direkt von der Bildfläche verschwinden müssen. Zurück nach Bederkesa zu meinen Eltern. Außerdem waren Graupner und Speck schlau. Sie hatten ein sehr überzeugendes Belohnungssystem für ihre Handlanger. Sie nannten es „Leben"."

„Was gab es denn da zum „Leben"?" erkundigte sich Martin.

„Alles! Ich werde nie vergessen, wie Graupner fragte: „Hast du schon mal gelebt?" Ich konnte mit der Frage wenig anfangen und er sagte weiter: „Ich weiß, wer hat das schon. Nimm dir am Wochenende nichts vor. Wir holen dich gegen siebzehn Uhr ab." Was sollte ich sagen? Nein? Natürlich nicht. Ich wollte etwas vom Kuchen abhaben.

Gegen siebzehn Uhr wartete ich am vereinbarten Tag und Treffpunkt. Fünf Minuten später schoss ein 68er Cadillac Deville Convertible Cabrio um die Ecke. Dieser Sound verriet einen acht Zylinder Motor mit mindestens dreihundert PS. Ich kannte das Auto aus alten amerikanischen Spielfilmen. Am Steuer Graupner und auf dem Beifahrersitz Speck. Beide in einem pastellfarbenen Anzug und mit Ray Ben Spiegelbrille. Als sie ausstiegen, wurden auch die dazugehörigen Schlangenlederstiefel sichtbar.

Während ich hinten einstieg, übergab mir Graupner mit der kurzen Bemerkung, „ist für dich" einen Schuhkarton. Inhalt ungefähr fünftausend DM in mittelgroßen Scheinen. Unter dem Geld versteckt eine Rolex Uhr. Speck ergänzte: „der Abend geht natürlich auf uns, aber so ein bisschen Handgeld kann doch nicht schaden. Die Uhr ist ein Geschenk von uns beiden für die gute Zusammenarbeit." Dann gab mir Speck einen Spiegel mit Kokain drauf und einen zusammen gerollten Hundertmarkschein. Ich hatte das Zeug bis dahin noch nie probiert. „Einfach durch den Schein in die Nase ziehen. Eine Hälfte links und eine rechts." kommentierte Graupner die Situation. Wie ein dressierter Affe steckte ich mir den Schein in die Nase und zog das Kokain weg. Erst fühlte ich ein grässliches Brennen in der Nase, dann eine Explosion im Kopf. Es dauerte keine zwei Minuten und ich fühlte mich wie ein Marschflugkörper, der gestartet wurde, aber sein Ziel noch nicht kannte. Der Wagen fuhr inzwischen. Es ging die Elbchaussee hinauf. Wortlos und mit aufgerissenen Augen ließ ich die Villen an mir vorbeirauschen. Ich saß auf der lederbezogenen Rückbank dieses unglaublichen Autos mit einer Rolex am Arm. Dazu fünftausend Mark in einem Schuhkarton auf meinem Schoß!"

Juri und Martin merkten, mit welcher armseligen Begeisterung Thorben diese zwanzig Jahre alte Story erzählte und attestierten ihm innerlich das Prädikat: „arme Sau". Aber keiner wollte Thorbens Redefluss unterbrechen.

„Nach einiger Zeit fuhr der Wagen bei einem Restaurant vor. Ein altes Landhaus. Der Kies der Auffahrt knirschte unter dem schweren Fahrzeug. Vor dem Aussteigen gab es noch ein Näschen für alle.

Wir wurden von der Restaurantleitung überfreundlich mit Handschlag begrüßt. Der Oberkellner führte uns durch das Restaurant in einen abgetrennten Raum. Vor der Tür wurde ein Kellner für die Bestellungen abgestellt. Zutritt hatte aber nur der Oberkellner. Drinnen ein großer runder Tisch mit einem schneeweißen Tischtuch. In der Ecke an dem Beistelltisch standen drei Frauen. Das Outfit super scharf. Zwei, Melanie und Chantal, waren die festen Freundinnen von Graupner und Speck. Die Dritte hieß angeblich Coco. Sie trug ein goldenes, halblanges Kleid mit einem Schlitz an der Seite, der den Ansatz von halterlosen Strümpfen zeigte. „Die ist für dich. Sie gehört das ganze Wochenende nur dir. Sei nur nicht schüchtern." erklärte mir Speck, nachdem er mir die anderen beiden Damen vorgestellt hatte.

Der Champagner ging flaschenweise weg und vor dem Essen gab es noch ein Näschen für alle. Auf dem Tisch stand alles, was teuer war. Vieles kannte ich gar nicht. Gegessen wurde wenig. Mehr probiert und rumgesaut. Graupner versuchte seiner Freundin mit der Hummerschere in die Brust zu kneifen und Speck bewarf den Oberkellner mit in Knoblauch eingelegten Garnelen. Ich hingegen starrte nur Coco an. Was für ein Weib. Mindestens eine Zehn und dieses Geschoß war nur für mich. Ich war ihr sofort hoffnungslos verfallen. Klar, bei dem Körper. Verstehen Sie?"

Die beiden Kommissare bestätigten mit einem Kopfnicken und Martin ergänzte: „Klar, verstehen wir. Muschi for free!". Juri warf Martin einen missbilligenden Blick zu.

„Na ja, jetzt im Nachhinein haben die mir die Alte nur vorgesetzt, um mich Pfosten bei Laune zu halten. Ich durfte sie nur haben, wenn ich mit Graupner und Speck unterwegs war. Wie auch immer. Als wir wieder abrückten, bezahlte Speck bar und gab dem Oberkellner zweihundert DM Trinkgeld. Der Restaurantleiter bedankte sich, während der Rest der Truppe johlend aus dem Laden torkelte. So lief die ganze Nacht. Diverse Türsteher von angesagten Diskotheken, die keinen mehr reinließen, winkten uns durch. Wir hatten eine reservierte Sitzgruppe nur für uns und wurden umgehend mit Champagner und anderem Sprit versorgt. Wieder ein Kellner nur für uns. Wir schluckten alles was wir in die Finger bekamen. Wir waren wie Rockstars. Das Spektakel dauerte bis weit in den nächsten Tag hinein."

Juri kannte diese Mischpoke. Sie hatten eine kurze Zeit hell gebrannt und dafür mit dem Rest ihres Lebens bezahlt. Und was übrig blieb, waren verklärte Erinnerungen.

Bevor Thorben weiter ausholen konnte, unterbrach Juri ihn mit den Worten: „und das nennt sich dann Leben?"

„Das ist Leben! Zumindest, wenn man aus so einem Nest wie ich kommt."

„Schön, jetzt wissen wir, dass Sie vor sehr langer Zeit einen oder mehrere bunte Abende hatten. Wir haben viel über Kutter

gelernt und erfahren, dass es in Bederkesa eher mau zugeht." Martin konnte
schwer verbergen das er genervt war:
„das ist aber nicht unbedingt das Thema
hier. Wie und oder wann kam es dann zu
dem Zerwürfnis, welches Jahrzehnte später zu den Morden führte?"
Die beiden Hauptkommissare merkten,
dass Thorben da nicht ran wollte. Juri
fragte: „Vielleicht eine kleine Pause, Thorben?"
Thorben willigte umgehend ein und sie ei-
nigten sich auf eine Viertelstunde Pause.
Juri und Martin wechselten in den angren-
zenden Raum, um sich auszutauschen.
„Und? Was sagst du, Juri?"
„Klar, er ist es. Ich habe mir gerade das
Ergebnis der DNA-Analyse angeschaut.
Pia hat es mir aufs Handy geschickt. Mit
neunundneunzigprozentiger Wahrscheinlichkeit ist er der Täter. Aber siehst du da
irgendeinen Zusammenhang?"
„Keine Ahnung, Juri. Der quatscht seit
Stunden von Kuttern und irgendwelchen
Partys und genau genommen, hat er noch
gar nichts gesagt."
„So sehe ich das auch. Ich erkenne weder
ein Motiv noch sind mir die Morde an
Graupner als auch an Speck im Ablauf
klar. Keine Ahnung, wie er das gedreht
hat?"

„Vielleicht ein Komplize?"

„Vielleicht, das ist schon möglich. Martin. Ich denke, es ist auch gut, solange er redet. Wenn wir Druck aufbauen, macht er vielleicht dicht und das Ganze kann sich Tage oder Wochen hinziehen."

„Stimmt." bestätigte Martin. „Also quatschen lassen und auf Neuigkeiten hoffen?"

„Das ist der Plan, mangels Alternativen."

„Klar, warum nicht. Ist doch noch nicht mal Mitternacht. Bloß den armen Buben nicht erschrecken, sonst handelt der sich noch eine Psychose ein."

„Komm, Martin, trag es mit Fassung. Schließlich ist der Kaffee umsonst."

„Na denn! Auf gehts."

„So, Thorben," ergriff Juri das Wort: „wir waren bei dem Thema Graupner und Speck stehen geblieben. Das Zerwürfnis!"

„Zerwürfnis? Es gab kein Zerwürfnis. Die haben mich eiskalt abgezogen und mich an zwei Irre ausgeliefert!"

„Okay, aber das geht doch bestimmt etwas genauer?" kommentierte Martin Thorbens Aussage.

„Da muss ich aber wieder etwas weiter ausholen."

„Kein Problem, das mit der Zeit hatten wir doch schon." erwiderte Juri.

„Na gut." begann Thorben, und es verging einige Zeit, bis er den Satz fortsetzte: „Ich musste für vier Wochen auf einen Lehrgang nach Bremerhaven und da ich keine Lust hatte, jeden Tag von Hamburg nach Bremerhaven zu fahren habe ich zuhause bei meinen Eltern in Bederkesa geschlafen. Ich hatte die ganzen vier Wochen so gut wie keinen Kontakt zu Graupner und Speck.

Kurz vor Ende des Lehrgangs rief mich Speck an. Er sagte „wir müssen uns unbedingt sehen, und zwar sofort, gleich wenn du am Sonntag in Hamburg ankommst." Ich freute mich und hoffte, dass die beiden mich mit Coco einsammeln und eine Überraschungsparty feiern würden. Hätte zu der Geheimnistuerei gepasst. Am folgenden Tag rief er mich erneut an und gab mir eine Adresse, zu der ich kommen sollte. Und er betonte erneut, ich müsste unbedingt gleich nach der Ankunft in Hamburg dahinkommen.

In Hamburg angekommen, verstaute ich mein Gepäck in einem Schließfach und nahm mir ein Taxi, um zu der genannten Adresse zu finden. Ich glaubte noch immer an eine Überraschungsparty. Na ja, es war ja auch die Überraschung meines Lebens. Ich ging in den dritten Stock und klingelte, wie besprochen, an der Haustür ohne Namensschild. Es dauerte etwas, bis sich die Tür öffnete. Mir gegenüber stand ein großer schwarzer Mann. Der fragte ohne ein Hallo: „Haben Graupner und Speck dich geschickt?" Meine Partylaune verflog umgehend und ich erklärte meinem Gegenüber, dass ich mit den beiden zwecks einer Wiedersehensfeier hier verabredet war. Das war offensichtlich die falsche Antwort. Mein Gegenüber packte mich an den Haaren und zog mich in die Wohnung. Als der mich losließ und ich hochschaute, rauschte mir ein Baseballschläger mit voller Wucht in meine linke Gesichtshälfte."

Thorben zeigte den beiden Kommissaren eine weitere verblichene Narbe über dem Jochbein und erzählte dann weiter. „Hätte ich gewusst, was mich erwartet, hätte ich mir mehr Zeit gelassen mit dem wach werden. Das Erste, was ich spürte, war das getrocknete Blut in meinem Mund und die fehlende Zahnreihe auf der linken Seite. Mein Kopf drohte vor Schmerzen zu platzen. Ich versuchte, die Augen zu öffnen, doch mein linkes Auge war komplett zugeschwollen. Durch das Rechte konnte ich nur Lichtfetzen erkennen. Danach spürte ich eine unbehagliche Kälte an meinem Körper. Die Gedanken tobten in meinem Kopf. Mein Verstand brachte mich trotz der Schmerzen in die Realität zurück. Ich merkte, dass ich nackt auf einem Stuhl an Armen und Beinen gefesselt mit einem Sack über den Kopf saß. Nun verdrängte die Angst den Schmerz. Ich zitterte am ganzen Körper, pisste mich komplett voll und verlor erneut das Bewusstsein.

Stimmen holten mich zurück. Ich kam zu mir und es dauerte nur den Bruchteil einer Sekunde, bis ich verstand, dass keine Veränderung eingetreten war. Der Farbige, der die Tür geöffnet hatte, zog mir den Sack vom Kopf und das einfallende Licht nahm mir noch den kläglichen Rest meiner Sehfähigkeit. Es dauerte ewig, bis ich mein Umfeld wahrnehmen konnte. Ich saß immer noch auf einem Holzküchenstuhl. Nackt. Arme und Beine gefesselt.

Der Raum eine Küche. Herd, Küchenschränke, mit Vorhängen abgedunkelte Fenster. Vor mir zwei Farbige. Einer lehnte am Küchenfenster, der andere stand am Herd. Sie tauschten sich in einer Sprache aus die ich nicht kannte. Ich versuchte meine Angst zu bekämpfen, doch da war nichts übrig was die Angst hätte bekämpfen können.

Der Farbige, der am Herd stand, zog eine Spritze auf und jagte sie mir in den Oberschenkel mit den Worten: „Gegen die Schmerzen. Wir müssen reden!"

Es stellte sich heraus, dass die beiden Gestalten zu der Scream Connection gehörten. Sie forderten von mir hunderttausend Mark. Graupner und Speck hatten bei Scream Ware in dieser Höhe auf Kommission geholt und die Zahlungsziele nicht eingehalten. Darüber hinaus waren sie schon seit zehn Tagen abgetaucht. Sie hatten mich verladen und Scream erzählt, ich würde einen Großteil des ausstehenden Geldes vorbeibringen.

Ich fühlte inzwischen gar nichts mehr. Jedes Mal, wenn ich versuchte, etwas zu erklären, bekam ich einen heftigen Schlag ins Gesicht oder in die Magenkuhle. Sie wollten nichts hören. Sie wollten Geld.

Graupner, Speck und ich hatten ein Depot angelegt. Wir legten immer zu gleichen Teilen Geld zurück. Für den Notfall! Das wäre jetzt doch ein passender Moment gewesen, so etwas in Anspruch zu nehmen. Dachte ich. Ein Anruf von dem Schwarzen mit dem Baseballschläger bei Irgendjemandem und das Depot wurde überprüft. Doch als dieser Irgendjemand berichtete, dass außer ein bisschen Kleingeld und etwas Marihuana nichts mehr dort war, gab es richtig Prügel. Diesmal mit einer Fahrradkette. Die wussten genau was weh tut und machten das auch nicht zum ersten Mal. Wo immer die einschlug, platzte die Haut auf und Fleischfetzen flogen durch die Gegend. Das Blut rann an meinen Körper herunter. Ich bildete mir ein meinen Oberschenkel-Knochen gesehen zu haben. Er blinkte wie ein Stück Elfenbein kurz auf. Ist schon irre, wenn man seine eigenen Knochen sieht.

Ich wollte überleben und gab ihnen alles. Meine Rolex, mein Auto, Kreditkarten mit der dazugehörigen Geheimzahl und mein letztes Bargeld. Versteckt in meinem Zimmer im Seemannsheim unter den Bodendielen. Achttausend Mark.

Das Ganze dauerte ungefähr vierundzwanzig Stunden. Ich selbst war nur noch ein Haufen blutiges Fleisch. Als sie merkten, dass nichts mehr zu holen war, füllte einer der beiden einen Teekessel mit Wasser und stellte ihn auf die Herdflamme. Sie standen beide am Fenster, schauten mich an und sagten kein Wort."

Thorben machte eine längere Pause, trank einen Schluck Wasser und kratzte sich intensiv mehrmals am Arm. Martin und Juri, von der Intensität der Geschichte und der emotionalen Anspannung ihres Gegenübers berührt, ließen Thorben Zeit. Nach wenigen Minuten setzte Thorben seine Erzählung fort: „Wissen Sie, wie das ist, wenn man nicht mal mehr Angst hat. Man gibt sich dem, was da kommt einfach hin, weil man glaubt, schlimmer kann es nicht mehr werden. Das ist aber ein Trugschluss, denn Menschen können sehr kreativ werden, wenn es um Quälerei geht.‘"

„Nun, Thorben, Sie waren ja auch nicht gerade zimperlich bei ihren Opfern." ging Martin dazwischen.

„Das war etwas anderes. Die haben es darauf ankommen lassen."

„Alles gut, Thorben, bitte weiter. Der Teekessel!" sagte Juri.

„Es waren Minuten, aber gefühlt waren es Stunden. Ich schaute auf den Teekessel mit der Gewissheit, dass die beiden bestimmt keine Teetrinker waren. Ich habe auch noch nie solche gleichgültigen Augen gesehen. Bis heute nicht. Denen war ich einfach scheißegal. Während ich da splitternackt in meinem Elend hockte, ließ ich den Teekessel nicht aus den Augen. Es war wie ein Countdown: erst stiegen leichte Rauchfasern an die Decke. Dann wurde aus den Fasern Dampf und das Finale war das brodelnde Wasser. Der, der mir mit dem Baseballschläger eine übergezogen hatte, gab dem anderen ein Zeichen. Dieser verstand umgehend, nahm den brodelnden Teekessel vom Herd und schütte mir das kochende Wasser in meinen entblößten Schritt.

Dann bin ich im Krankenhaus aufgewacht. Die hatten mich einfach an der Straße abgelegt. Wie einen alten Teppich. Hätte nicht ein Busfahrer angehalten und einen Krankenwagen gerufen, wäre ich wohl auf der Straße verreckt."

Juri wusste, dass er auch diese Geschichte mit nach Hause nimmt. Er dachte an seine Familie und wollte seine Frau anrufen, um ihr mitzuteilen, dass es wieder später werden würde. Gleichzeitig wurde ihm erneut bewusst, dass keiner rangehen konnte, denn sein Haus war leer.

Er schaute sich erst den Vernehmungsraum und dann Thorben an. Juris Gedanken flatterten völlig unkontrolliert durch seinen Kopf. Ein Piepen im rechten Ohr, Herzrasen und seine Hände wurden schwitzig. Die Symptome waren ihm bekannt und nicht ungewöhnlich bei ausbleibendem Schlaf gepaart mit einem katastrophalen Privatleben und hohem beruflichem Stress. Schlechter und unregelmäßiger Ernährung, zu viel Kaffee und einem riesigen Ego, welches einem immer wieder einflüstert: „schaffst du". Doch was nützten die Erkenntnisse zu notwendigen

Veränderungen, wenn diese nicht angenommen werden.

Thorben unterbrach Juri in seiner geisti-
gen und körperlichen Achterbahnfahrt mit
den Worten: „Können wir morgen weiter
machen, Sokolov?"

Juri hoffte, dass man es ihm nicht ansah,
wie es ihm ging. Er schaute Martin an und
sah in seinen Augen ausschließlich Sorge.
Martin ignorierte die Frage des Beschul-
digten und sprach ihn an: „Alles klar,
Juri?"

Juri überlegte einen Moment, ob er abbre-
chen sollte. Entschied sich dann doch für
das „zu Ende bringen".

„Alles gut, Martin. Danke. Und Thorben,
ich verstehe, dass dir das alles sehr nahe
geht, aber genau genommen sind wir noch
nicht richtig weitergekommen."

„Das sehe ich ähnlich. Wie ging das dann
weiter mit Graupner und Speck?". fragte
Martin.

„Weiter? Nichts ging weiter. Ich lag Monate im Krankenhaus und die hatten sich
abgesetzt. Als wenn ich niemals existiert
hätte. Elf Monate Krankenhaus und fast
zwei Jahre chirurgische Eingriffe am laufenden Band. Nicht einmal Coco hat sich
sehen lassen."

Martin rollte mit den Augen und Juri erwischte sich dabei, dass er Mitleid wegen

der Dummheit seines Gegenübers empfand.

„Ich hatte nach der ganzen Geschichte genug von Hamburg. Ich habe Graupner und
Speck nicht mal angezeigt. Nicht einmal
die Farbigen, die mich so bestialisch zugerichtet hatten. Was hatte ich denn an
Beweisen? Letztendlich hätte ich mich
mehr belastet als alles andere. Und von
diesen Scream-Jungs wollte ich nur möglichst weit weg. Glauben Sie mir, ich war
bedient."

„Das kann ich mir vorstellen. Und dann?"
fragte Juri.

„Nachdem ich wieder einsatzfähig war,
habe ich angeheuert. Große Fahrt. Viel Arbeit und wenig Heuer. Hauptsache weit
weg und die Welt anschauen. Ich war in
Häfen, die früher für mich weiter weg waren als der Mond. Nicht wie mit dem
scheiß Krabbenkutter, Cuxhaven, Büsum
und zurück."

Martin wollte Thorben gerade bremsen, da
er keine Lust auf weitere Seefahrerge-
schichten hatte, doch Juri merkte, dass
Thorben reif war und gab Martin mit der
Hand ein Zeichen, ihn gewähren zu lassen. Juri sprach Thorben direkt an: "Wo
ist es das erste Mal passiert?"

Er wusste sofort, was Juri meinte. Thorben vermied jeden Blickkontakt, kratzte

sich unbeholfen an der Handoberfläche, schlug die Beine übereinander und verdrehte diese wie einen geflochtenen Zopf. Thorben suchte nach einem Einstieg. Juri merkte das und unterstützte ihn mit den Worten: „einfach drauf los, Thorben."

Thorben sammelte sich noch etwas und begann dann zu erzählen: „Waren Sie mal in Mumbai, Indien? Obwohl, damals hieß das noch Bombay. Dort gibt es die größte Meile auf der Welt. Da kriegen Sie alles. Kilometerlange Gassen und an jedem zweiten Haus eine Preistafel gestaffelt nach Alter und Geschlecht. Ein Mädchen unter sechzehn Jahren kostete damals fünf Dollar pro Nacht. Keine Sorge. Ich stehe nicht auf Kinder. Frauen ab sechzehn kosteten zwischen einem und drei Dollar die Nacht. Stellen Sie sich vor, bei uns in der Bordkantine kostete zu der Zeit ein gutes Haarshampoo auch drei Dollar. Eigentlich hatte ich mit Frauen nicht mehr viel am Hut nach der Aktion mit der Scream Connection. Doch wer kann schon für immer allein sein. Ich bezahlte Frauen für Gesellschaft. Gemeinsam Essen gehen, Tanz, Unterhaltung, Besäufnis, so etwas eben. Doch letztendlich läuft es immer auf das Gleiche raus."

Thorben bat um einen weiteren Becher Wasser.

„Sie war wirklich sehr hübsch. Vielleicht knappe zwanzig Jahre alt. Damals liefen wir zwei, drei Mal im Jahr Mumbai an und ich hatte sie bereits mehrmals als Begleitung genutzt. Ich vertraute ihr und wir landeten auf ihrem Zimmer. Ich war angetrunken und ich fühlte mich sehr stark zu ihr hingezogen. Ich erklärte ihr, dass ich sie aus ihrer Hölle befreien könnte. Sie müsste nur die richtigen Zeichen geben, aber irgendwie hat sie das nicht begriffen. Sie konzentrierte sich lieber auf ihren Job, die hohle Nuss.‟

„Wie auch immer, als sie sich an mir zu schaffen machte und mir die Hosen runterzog, stieß sie einen Schrei aus. Sie fiel auf den Hintern und rutsche mit einem vor Entsetzen verzerrtem Gesicht zwei, drei Meter weg von mir. Ich kleidete mich umgehend wieder an und versuchte sie zu beruhigen. Als ich sie in den Arm nehmen wollte, stieß sie mich weg und ich merkte, dass das, was ich für Weinen oder Schluchzen hielt Lachen war. Sie krümmte sich auf dem Boden vor Lachen und hörte gar nicht mehr auf. Sie brabbelte in irgendeinem Dialekt, zeigte mit dem Finger auf mich und lachte. Keine Ahnung, wie lange das ging. Irgendwann nahm ich die Nachttischlampe und zog ihr mehrmals damit eine über.‟

„War sie tot?" fragte Martin.

„Das kann ich nicht sagen. Ich stand nur da, mit der Lampe in der Hand. Nach einiger Zeit kam der Wirtschafter, Zuhälter, Eigentümer oder was auch immer der war. Er hatte den Krach gehört. Instinktiv drückte ich ihm fünfzig Dollar in die Hand. Der ließ die Frau wegschaffen und fragte allen Ernstes, ob ich eine neue Frau haben wollte. Ich habe mich schnellstmöglich dünn gemacht und bin zu meinem Dampfer zurück."

„Das hört sich nach Totschlag im Affekt an. Nun haben wir aber Frauenmorde, wo wir beweisen können, dass Sie am Tatort waren, die Abläufe aber eine andere Sprache sprechen." Martin wollte Thorben auf keinen Fall so billig davonkommen lassen.

„Andere Sprache? Klingt nett! Klar, danach war alles anders." erwiderte Thorben. „Anfänglich war es die Angst entdeckt zu werden, die mich peinigte. Vielleicht kannte Irgendwer meinen Namen oder den Namen von meinem Schiff. Dann die Angst vor einer Welt, in der Frauen für fünfzig Dollar spurlos verschwinden. Es ist ein Unterschied, ob man es weiß oder ob man so etwas selbst erlebt. Dann befiel mich die Angst und der Schrecken vor mir selbst und dem, wozu ich im Stande war.

Ich hatte schon einige sehr skurrile Erfahrungen in Hamburg gemacht. Doch diese Erfahrung war eine andere Dimension. Einen Menschen mit den eigenen Händen zu erschlagen, verändert einen."

„Warum haben Sie es nicht einfach gut sein lassen und haben nach dieser anderen Dimension aufgehört?" ging Martin erneut dazwischen.

„Es hört sich abgedroschen an, aber ich begriff, dass nicht ich die Entscheidungen traf. Letztendlich schon, aber es war nur eine logische Konsequenz der Entscheidungen und der Verhaltensweisen anderer. Ich lebe in dieser Welt und bin auch Teil von ihr, aber ich habe sie nicht so gemacht."

„Das sehen die Angehörigen der Opfer bestimmt anders!" entgegnete Juri.

„Wenn man es so sieht, ist das sicher richtig. Glauben Sie mir, ich habe das mit den Frauen nicht gerne getan und ich bin froh, dass es vorbei ist."

„Das glauben wir dir, wenn du es beweist! Thorben." antwortete Juri und ergänzte dann: „Du weißt doch, wie das läuft! Erzähl die ganze Geschichte: jede Stadt, jedes Opfer. Am besten schön der Reihe nach. Und dann glauben wir dir, dass du froh bist, dass es vorbei ist."

Thorben meinte es offensichtlich ernst. Seine Erzählungen wirkten auf die Kommissare wie eine Rundreise durch sämtliche Rotlichtviertel der südlichen Welthalbkugel. Er berichtete ausführlich von Zahlungen und Preisen für Dienstleistungen, Zahlungen und Preisen für staatliche Gefälligkeiten und Zahlungen und Preisen für Mitwisser und Helfer.

Er beschrieb detailliert und ausschweifend jeden der begangenen Frauenmorde mit einer Wortwahl, die wenig Zweifel daran ließen, dass sie es „verdient" hatten. Bei den Frauen, die er davonkommen ließ, betonte er, dass er kein „Unmensch" sei. Er berichtete davon, wie er den Moment der Entscheidung genoss. Von situativen Fehlentscheidungen: „da habe ich zu früh zugeschlagen" oder „im Nachhinein betrachtet, hätte ich sie nicht leben lassen dürfen". Er erzählte, wie er professioneller wurde. Sich auf unterschiedliche Szenarien einstellte. Fluchtwege vorab auskundschaftete. Davon, dass, wenn er einen Landgang ohne Mord beendete, er sich einen guten Schluck auf sich selbst gönnte: „man muss sich auch mal loben". Von den Problemen in europäischen Häfen, wo nicht alles mit Geld zu lösen ist. Nutten einen anderen Stellenwert haben und nicht in der „Mülltonne entsorgt werden können". Wie er sich verkleidete, um nicht wiedererkannt zu werden. Seine vermeintlichen Opfer ausspähte, um einen „guten Moment" zu erwischen und sich präparierte: mit Schlagwerkzeug, Klebeband und Draht.

Von der Vorfreude auf den nächsten Landgang und einem immer stärker werdenden Zwang zu töten. Wenn die Opfer es denn „verdient" hatten.

Als Thorben mit seinen Erzählungen in der Gegenwart angekommen war sagte er abschließend: „Ich hatte mir eine Warnung überlegt, aber die wenigsten von den Weibern konnten deutsch lesen." Er stand auf, schob sein T-Shirt hoch und eine kreisförmige Tätowierung auf seinem Bauch mit den Worten - Wer lacht wird umgebracht- wurde sichtbar.

Am Ende waren es dreiundzwanzig Frauenmorde in vierzehn verschiedenen Ländern.

Es war zwei Uhr dreißig.

Die Fortsetzung der Vernehmung mit Thorben wurde mit Einverständnis aller Beteiligten auf zehn Uhr verlegt. Juri verbrachte eine weitere Nacht in seiner Polizeiunterkunft. Nach Hause fahren war für ihn keine Option.

Er ließ sich gegen fünf Uhr dreißig von dem zuständigen Wachhabenden vom KDD wecken. Sein Schlaf war kurz, aber tief. Er ahnte, dass es sich ausschließlich um pure Erschöpfung handelte, nahm die Erholung aber dankend an. Duschen, frisches Hemd, belegte Kantinenbrötchen, zwei große Becher starken Kaffee und sein Schreibtisch hatte ihn wieder.

Juri nutzte die Zeit, um sich erneut in die Abläufe und gesicherten Spuren der Morde an Graupner und Speck einzulesen. Er wollte es heute endgültig zu Ende bringen. Dabei ging es ihm nicht um die Bestrafung von Thorben Itjen, denn der würde den Rest seines Lebens in der Psychiatrie oder im Gefängnis verbringen. Es ging um ihn selbst: Fall abschließen, Versetzung beantragen, Familie zurückholen. Ein guter Plan. Bis dahin. Er fühlte sich gut, denn er spürte, dass Zukunft möglich war und mit viel Einsatz auch eine Gemeinsame mit seiner Frau und den Kindern.

Gegen zehn Uhr trafen sich Martin und Juri im Vernehmungsraum. Thorben folgte in Begleitung zweier Justizvollzugsbeamter. Der Raum roch stark nach Desinfektionsmittel und Raumspray. Die Lüftung funktionierte offensichtlich nur mäßig. Thorben sah noch erschöpfter aus und das befeuerte Juris Hoffnung, es nun schnell zu Ende bringen zu können.

„Hallo Thorben, ich bespreche kurz das Band und dann können wir loslegen: „Vernehmung von Thorben Itjen zum Aktenzeichen JS-2020-179835. Anwesend: Herr Hauptkommissar Martin Rogge, Angeklagter Thorben Itjen, die Justizvollzugsbeamten Herr Schröter und Herr Klein, als auch der Leiter der Mordkommission, Hauptkommissar Sokolov. So, den Formalismus haben wir hinter uns. Nun zu dir, Thorben. Wie war die Nacht?"

„Ziemlich kurz. Ich habe wenig geschlafen und der Kaffee war auch mies."

„Ist doch nur vorübergehend. In den Vollzugsanstalten ist der Kaffee viel besser. Die nehmen dort nur „beste Bohne" damit die Insassen sanft in den Tag gleiten können."

Juri konnte sich ein Grinsen über Martins Beitrag nicht verkneifen. Anfänglich hatte Juri darüber nachgedacht, Martin gegen einen anderen Kollegen auszutauschen, da Martin mit der Redewendung, „Morgenstund hat Gold im Mund", wenig anfangen konnte. Das verwarf er aber schnell aus Mangel an Alternativen, denn er hatte seinen Kollegen und Freund Martin selbst mit schlechter Laune lieber an seiner Seite als irgendein Frühaufsteher, der keine Erfahrung hatte. Denn bei Vernehmungen war Martin unschlagbar.

„Da fängt der Tag doch gut an. Ihr habt beide Recht, der Präsidiumskaffee ist mies und in der JVA, deiner zukünftigen Heimat, Thorben, wird alles viel besser. Aber wir sind ja hier nicht bei Stiftung Warentest, sondern bei der Mordkommission. Also, Thorben, Graupner und Speck, wie lief das? Haben Sie da angerufen und gesagt: „Hallo, ich bin es, der Thorben aus Bederkesa." Oder wie lief das?"

„Natürlich nicht," antwortete Thorben gereizt. „Hätte ich einen von den beiden auf der Straße getroffen, hätte ich ihn erschlagen. Ich hatte es nicht vergessen, niemals, wie könnte ich, aber es war auch schon eine Weile her. Außerdem hatten in meinem Leben inzwischen andere Dinge Priorität."

„Verstehe! Und weiter? Es muss doch einen Auslöser oder irgendetwas passiert sein, dass Sie nach so vielen Jahren auf

See beschließen Graupner und Speck zu beseitigen? " drängelte Juri.

„Ich habe vor langer Zeit durch Zufall in Rotterdam Coco wiedergetroffen!" platzte es aus Thorben heraus. Danach glotzte er die beiden Kommissare erwartungsvoll an.

„Und weiter? Kommt da nun noch etwas oder müssen wir den Rest raten?" erkundigte sich Martin.

Thorben sah man die Enttäuschung darüber an, dass diese Information nicht für Frohsinn sorgte, erzählte aber weiter: „Tja, die Welt ist wirklich ein Dorf. Ich bin mit ihr aufs Zimmer. Zuerst habe ich sie nicht erkannt. Zwanzig Jahre Strich und Drogen hinterlassen Spuren. Ich habe sie auf einem Foto wiedererkannt, welches bei ihr an der Wand hing. Ein Foto aus der Hamburger Zeit. Ich sprach sie mit Coco an, aber davon wollte sie nichts wissen. Ich nannte ihr meinen Namen und erzählte ihr von unserer glücklichen, gemeinsamen Zeit und den Ausflügen und Partys. Sie hingegen hatte keinen blassen Schimmer, wer ich war. Klar, vermutlich war ich nur einer von hundert Schwänzen, die sie täglich vertilgte. Sie laberte nur noch dummes Zeug: erzählte wie mies die Zeit in Hamburg war. Nur „Prügel, Drogen und Dreckschweine." Irgendwann hat sie von irgendwem ein Kind bekommen und sich nach Rotterdam abgesetzt. Ich vermute, dass sie so viel erzählte, damit die Zeit ablief und sie keine Hand anlegen musste. Die war so was von fertig. Sie hätten sich das Dreckloch, in dem sie arbeitete, mal anschauen müssen. Echte Resterampe. Das war der Hartgeldstrich. Bei mir hätte sie ein besseres Leben gehabt. Das ist mal sicher!"

„Schon klar, Thorben, nur eben unter der Erde." kommentierte Martin Thorbens Ausführungen und fragte dann: „Hieß die Dame Bettina Kapfkleen?"

„Vielleicht. Wobei ich den richtigen Namen von Coco gar nicht kenne. Sie sagte, ich soll sie Tina nennen."

Martin kramte ein Foto aus seinen Akten und legte es Thorben vor. „Sah die ungefähr so aus?"

Thorben betrachtete das Foto und sagte dann kopfschüttelnd: „Nein, auf keinen Fall. Ich habe diese hier zwar auch kaputt gemacht, aber das ist nicht Coco."

„Schade eigentlich, aber Coco war doch mal ihre Traumfrau und große Liebe und trotzdem haben Sie sie umgebracht?" erkundigte sich Martin, der inzwischen seine Form wiedergefunden hatte.

„Klar, ich hatte ihr meinen richtigen Namen gesagt. Und deswegen bin ich doch zu ihr. Sie war ein perfektes Opfer, dass niemanden interessierte. Außerdem ist sie tot besser dran."

„Wenn du das sagst!" ergänzte Juri. „Und? Graupner und Speck?"

„Wie gesagt, sie hatte keine Ahnung, wer ich war, bis ich Graupner und Speck erwähnte. Dann wurde sie hellhörig und erzählte mir, dass sie eine Zeitlang für Graupner angeschafft hat und dass Graupner einer der wenigen richtigen „Männer" in ihrem Leben war. Ich wollte das gar nicht glauben. Die ist für diesen Eimer Scheiße auf den Strich gegangen. Vermutlich ist die halbe Stadt über sie rüber."

„Vermutlich, nur eben du nicht. Das macht doch schlechte Laune, oder?"

Thorben versuchte die Bemerkung von Martin zu ignorieren, aber seine Gesichtsfarbe verriet, dass die Bemerkung gesessen hatte.

„Sie war eine Nutte! Auf jeden Fall erwähnte sie, dass Graupner immer noch in Hamburg lebte und irgendwo als Bademeister arbeitete. Zu Speck hatte sie merkwürdiger Weise keine Informationen. Als ich das von Graupner erfuhr, kam alles wieder hoch. Ich tobte mich in der gewohnten Weise richtig an Coco aus. Es war egal, ob sie lachte oder weinte. Sie war dran. Als ich mit ihr fertig war, hätte nicht mal mehr ihre Mutter sie wiedererkannt. Dann bin ich erstmal eine Zeit lang zur See. Wollte Abstand gewinnen. Graupner und Speck hinter mir lassen. Ich redete mir ein, dass es mich nicht interessierte. Ich mein eigenes abenteuerliches Leben lebte. Letztendlich aber wollte es mir nicht in den Kopf. Die beiden führten ein normales Leben und ich ging durch die Hölle? Der Thorben von früher hätte es bestimmt sein lassen, aber der war Geschichte.

Irgendwann habe ich es mir dann eingestanden: Das Einzige, was noch in mir lebte, war der andauernde Gedanke an Rache. Graupner und Speck mussten sterben und das auf die möglichst brutale Art. Ich konnte an nichts anderes mehr denken. Selbst die Frauenmorde brachten es nicht mehr. Es war Zeit für das Finale."

Juri realisierte, dass sein Gegenüber noch immer keinen Bezug zu seiner jetzigen Situation hatte. Er erzählte die Geschichte seines blutigen Werdeganges mit unterschwelliger Begeisterung und keinerlei Reue. Aber damit sollte sich der Gefängnispsychologe beschäftigen, für Martin und Juri zählte nur das zusätzliche Geständnis und die Aufklärung der Abläufe bei den Hamburger Morden.

„Und? Wie hast du das Finale eingefädelt?" fragte Juri.

„Sehr schlau! Jetzt wo ich wusste, dass der Graupner in Hamburg als Bademeister arbeitete, war es nicht schwer ihn zu finden. Klar, er hätte auch schon wieder woanders sein können, aber der Beruf Bademeister war für so einen Schaumschläger perfekt. Den ganzen Tag am Beckenrand stehen und untervögelte Muttis abgreifen. Als ich mal wieder in Hamburg war, besuchte ich unterschiedliche Schwimmbäder und fragte die Badangestellten beiläufig, ob sie den Kollegen Graupner kennen. Ich gab vor, ein alter Freund zu sein, was ja auch fast stimmte." Thorben brachte ein fast schon diabolisches Grinsen hervor.

„Es dauerte nicht lange und ich hatte seine Arbeitsstelle und seine Einsatzzeiten. Eine Badangestellte gab mir sogar seine Adresse, damit ich ihn nicht auf der Arbeit kontaktieren musste. Der Rest war relativ einfach. Ich lauerte ihm nach der Arbeit auf und sprach ihn an. Der Hammer war, dass er, trotzdem ich ihm meinen Namen nannte, keine Ahnung hatte, wer ich war. Am liebsten hätte ich ihn gleich vor Ort niedergestochen. Erst als ich von dem Seemannsheim und Speck erzählte, begriff er, wer vor ihm stand. Die Situation war ihm schwer unangenehm. Nicht, dass er sich für irgendetwas entschuldigte. Ganz im Gegenteil. Er sabberte rum: „hätte ich gewusst, was passiert" und „war anders geplant" und "nicht seine Idee". Ein echter Pisser ohne Rückgrat. Ich genoss den Moment kurz, wollte ihn aber nicht misstrauisch machen. Ich sagte, dass das alles Vergangenheit ist und ich mit einer gebrochenen Nase und geprellten Rippen davongekommen bin, weil ich die Jungs von der Scream Connection mit meinem Erspartem zufrieden gestellt hatte - und diese mich dann unfreundlich an die Luft setzten."

„Das hat der wirklich geglaubt?" hakte Martin nach.

„Natürlich nicht! Graupner glaubte mir kein Wort. Er war einfach zu lange dabei gewesen, um nicht zu wissen, wie solche Aktionen ausgehen. Vermutlich interessierte ihn, was ich wollte oder was der Sinn dieses zufälligen Treffens war. Keine Ahnung, warum er nicht einfach weiter ging. So quatschten wir eine Zeit lang über Arbeit, Frauen und die alten Zeiten, tauschten Telefonnummern aus und jeder ging seines Weges."

„Und der Kontakt brach nicht ab?" erkundigte sich Juri.

„Zuerst bin ich davon ausgegangen, dass Graupner mich meiden und ich ihn erst beim Begraben seiner Leiche wiedersehen würde, aber dann kam alles anders."

„Hört sich spannend an." ergänzte Martin.

„Ja, der Mensch denkt und Gott lenkt. Ich war dann eine längere Zeit auf See und machte Berge von Plänen, wie ich die beiden unter die Erde bekomme. Es musste schnell gehen, da ich meistens nur wenige Tage Landgang bekommen würde. Der Dampfer musste mein perfektes Alibi sein, denn das mit der Anwesenheit an Bord konnte ich deichseln. Dann kam mir das Glück zur Hilfe. Der Dampfer musste für längere Zeit nach Hamburg in die Werft. Ich hatte erst angenommen, ich würde dann auf einem anderen Schiff fahren, aber die Reederei, mein Arbeitgeber, hatte besseres mit mir vor: eine Fortbildung zum zweiten elektrotechnischen Maat. Drei Monate an der schiffstechnischen Hochschule in Hamburg. Bingo!"

„Sie kontaktierten ihn oder er sie?" erkundigte sich Juri.

„Ich rief ihn an und ich hätte schwören können, dass er auflegt, sagt er habe wenig Zeit oder gar nicht erst ans Handy geht. Doch dem war nicht so. Ganz im Gegenteil. Graupner fragte, wann wir uns sehen könnten und wieviel Bier ich vertrage.

Ich erzählte ihm nicht, dass ich für längere Zeit in Hamburg angebunden war, so war ich flexibler in meiner Vorgehensweise. Die Zeit lief gegen mich. Der Auslauftermin meines Dampfers war meine Deadline. Bis dahin musste die Sache erledigt sein. Und ich hatte noch keine Ahnung, wo Speck steckte."

„Wie war die Stimmung, als sie beide sich trafen? Das muss doch eine merkwürdige Situation gewesen sein?" fragte Juri.

„Nur anfänglich. Es dauerte vielleicht dreißig Minuten, bis die Stimmung kippte und Graupner mir erklärte, wie wichtig es ihm sei, dass es mir gut geht. Er hätte damals nichts tun können und er sei glücklich, dass es nicht so schlimm wurde, wie befürchtet. Er tat so, als wenn sein verlorener Sohn nach Hause gekommen ist."

„Das haben Sie ihm aber nicht abgenommen?" fragte Martin.

„Nein, bestimmt nicht. Trotzdem waren die folgenden Abende lustig. Spaß konnte Graupner schon damals. Wir kippten einige Biere und ich hatte vor, ihn aus der Reserve zu locken und nach Speck zu fragen. Natürlich beiläufig. Verschob das aber auf eine passendere Gelegenheit. Dann, ungefähr eine Woche später, rief er mich an und sagte, er hätte eine Überraschung und ob wir uns sehen könnten. Bei dem Wort Überraschung zog sich bei mir alles zusammen. Er gab mir eine Adresse, zu der ich kommen sollte. Kam mir alles so bekannt vor. Ich bewaffnete mich mit einer Schreckschusspistole und einem Schlagring. Ich wollte auf alles vorbereitet sein."

„Sie sind da doch nicht allein hingefahren?" fragte Juri.

„Natürlich, das wollte ich mir nicht entgehen lassen. Ich vereinbarte aber, dass Graupner mich abholt. So konnte ich sicher gehen, dass er bei der „Überraschung" dabei ist. Es lief wie besprochen. Er holte mich ab und wir fuhren zu einer Wohnung in der Nähe vom Großneumarkt. Während der ganzen Fahrt hatte ich die Pistole schussbereit in meiner Jackentasche. Wir suchten uns einen Parkplatz, was ewig dauerte. Er wollte unbedingt vor der Tür parken. Ich vermutete, damit er meine Leiche nicht quer durch die Stadt schleppen musste. Wir gingen zur Wohnung in den vierten Stock und ich achtete darauf, dass Graupner vor mir lief. Er klingelte mehrmals an einer Haustür ohne Namensschild und es dauerte, bis sich in der Wohnung etwas regte. Inzwischen hatte ich meine Pistole fest in der Hand, bereit, jedem in die Fresse zu schießen der da die Tür öffnete. Doch als die Tür aufging war ich sprachlos: Es war Karsten Speck, der die Tür öffnete und mich mit einem „trara, Überraschung" begrüßte.

Kurz überlegte ich, Graupner in die Wohnung zu schubsen und sie beide kalt zu machen, doch das erschien mir zu überstürzt. Wir betraten die Wohnung und Speck umarmte mich zur Begrüßung. Ich hingegen blieb stocksteif und klammerte mich an meiner Pistole in der Jackentasche fest. Es war eine völlig irre Situation. Die Stimmung war dermaßen von Misstrauen verseucht, dass keiner der Anwesenden wusste, was er tun oder sagen sollte.

Es gab zur Begrüßung einen Kurzen. Geredet wurde nur das Nötigste.

Für mich entspannte sich die Situation erst ein wenig, als Speck erzählte, er hätte einen Tisch beim Mexikaner gegenüber reserviert und dass wir gleich dahin müssten, da die Tische sehr gefragt seien. Wir tranken aus und verließen wortlos die Wohnung. Meine Pistole ließ ich erst wieder los, als wir beim Mexikaner unter Leuten waren. Er hatte wirklich einen Tisch für drei Personen reserviert.

Während wir in der Karte nach Essen suchten, musterte ich Speck erstmalig genauer. Inzwischen machte er seinem Namen alle Ehre. Ein Berg labberiges Fleisch.

Ein von Alkohol, Drogen und Fresssucht aufgedunsenes Gesicht mit Ringen unter den Augen. Sein Hals war kaum noch zu sehen. Nikotinverklebte Zähne, schmierige Haare und abgetragene Klamotten. Ich konnte es gar nicht fassen, dass dieser Penner mich so rumgeholt hatte."

„Was wollten die von dir, Thorben? Es wäre doch viel einfacher für die beiden gewesen den Kontakt wieder einschlafen zu lassen. Die Geschichten waren verjährt. Du irgendwo auf See. Alles gut." erkundigte sich Juri.

„Abwarten, Herr Hauptkommissar."

„Kein Problem. Du warst bei der Essensbestellung." erwiderte Juri.

„Das Essen lief weitestgehend wortkarg ab. Jeder erzählte, was er so trieb oder getrieben hatte. Von meinem neuen Hobby erwähnte ich nichts. Das Bier und die Kurzen lockerten die Stimmung etwas, aber das gegenseitige Misstrauen blieb. Nach etwa zwei Stunden oberflächlichem Gelaber kam dann die große Versöhnungsrede von Speck. Zusammengefasst, ein Vortrag der im Wesentlichen aus den Worten: Missverständnis, Fehlinformationen und hätten wir gewusst, bestand. Speck laberte gefühlt eine halbe Stunde am Stück, und ich war schon fast der Versuchung erlegen, den beiden Wichsern zuzugestehen, dass die ganze Nummer unter der Rubrik schlechtes Gewissen, Wiedergutmachung oder im schlimmsten Fall Mitleid gegenüber meiner Person, lief. Bis Speck folgenden Satz sagte: „Erinnerst du dich noch an die hübsche Coco? Ich weiß, wie verliebt du warst. Coco übrigens auch. Die fragt heute noch nach dir. Ich habe sie erst vor wenigen Monaten gesprochen und da haben wir über dich geredet. Du musst einen bleibenden Eindruck hinterlassen haben bei dem Feger, du Superlover. Die war aber auch scharf!" Und Graupner ergänzte in seiner Blödheit: „Tja, Karsten, ich habe dir ja immer gesagt: gib Coco nicht weg. Selbst als Oma wäre die noch eine Goldmöse gewesen! Ich hätte die nie an Scream verkauft. Schulden hin oder her."

„Speck verstand sofort, was Graupner da rausgehauen hatte. Und ich auch.

Es war wie eine Erleuchtung für mich: keiner von den beiden hatte auch nur eine Ahnung davon, dass Coco schon seit einer Ewigkeit mit eingedrücktem Gesicht unter der Erde lag. Darüber hinaus wurde mir klar, dass Coco damals für Speck und nicht für Graupner auf den Strich ging. Vermutlich hatte Speck Coco früh zu verstehen gegeben, dass, wenn ich jemals wieder auftauchen sollte, sein Name nicht fallen dürfte. Das blöde Weib hat das durchgezogen. Gehorsam bis zum Untergang und das, obwohl sie an Scream verkauft wurde. Haben sie eine Vorstellung, was diese Leute mit so einem hübschen Mädchen anstellen?"

Juri gefiel der Gesprächsverlauf nicht. Er wollte die ganze Unterhaltung in eine andere Richtung lenken, denn für die Aufarbeitung von Thorbens Liebesleben hatte er keine Zeit: „Thorben, wir verstehen deine emotionale Anbindung und das damit verbundene Interesse an der Dame, aber es wäre sehr hilfreich, wenn wir uns mehr auf die Opfer fokussieren könnten."

„Coco war auch ein Opfer!"

„Genau, und an dem Status sind Sie ja nun nicht ganz unschuldig." konterte Martin.

Erstmalig erkannten die Kommissare bei ihrem Gegenüber so etwas wie Reue oder Bedauern.

„Es geht doch nicht nur um Coco. Das Entscheidende war, das ich begriff, dass Speck die ganze Nummer damals eingefädelt hatte. Klar, Graupner war das Aushängeschild, der Partylöwe. Ein echter Blasebalg, der mit seinem großen Maul im Milieu gut ankam. Doch Speck war der Strippenzieher im Hintergrund. Deswegen habe ich ihm auch mehr Aufmerksamkeit gewidmet, bei dem Finale. Er büßte nicht nur für den Verrat, sondern auch oder besser, ganz besonders für Coco. Das habe ich ihm dann auch gesagt, bevor er anfing zu schmoren. Sie hätten mal seinen irren Blick sehen sollen, als es los ging."

„Aber das war doch bestimmt kein gemütliches Wiedersehenstreffen mit den beiden." fragte Martin, um den Faden wieder aufzunehmen.

„Nein, natürlich nicht. Die wollten ein Ding drehen und suchten mal wieder einen Trottel. Ich sollte die Arbeit machen und wäre danach vermutlich in der Mülltonne gelandet. Hätten die bereits gewusst, was ich in der Vergangenheit so getrieben habe, hätten die sich das nicht getraut."

„Ein Ding drehen?" hakte Martin nach.

„Die wollten das Schwimmbad, in dem der Graupner arbeitete, abräumen."

„Ist denn da so viel zu holen?" erkundigte sich Juri.

„Eigentlich nicht. Zumindest nicht im Normalbetrieb. Doch die internationalen Veranstaltungen an den Wochenenden brachten schon was zusammen. Drei Tage volles Haus. Eintrittsgelder, Verzehr, so was eben. Das Geld wurde angeblich bis Sonntagabend im Schwimmbad gesammelt und geschlossen abgeholt. Da wollten die beiden zuschlagen, oder besser, ich sollte da zuschlagen. Zumindest war es deren Plan. Ich hatte andere Pläne.

Seit fünf Jahren arbeitete Graupner in dem Bad und er wusste alles. Er hatte die richtigen Schlüssel, Zugangscodes für die Überwachungsprotokolle, kannte jeden toten Winkel, wusste wie man die Kameras manipulierte, Einsatzpläne des Wachdienstes, der nachts den Verschluss kontrollierte und alles was sonst noch von Nöten war. Eigentlich perfekt. Mit diesem Ding kamen die beiden an dem Abend um die Ecke. Sie wollten mir sechzig Prozent der Beute geben und sie selbst würden sich jeweils mit nur zwanzig Prozent zufriedengeben. Speck sagte: "das ist ein Angebot der Freundschaft und Wiedergutmachung." Diese Wichser! Erst wollte ich ihm die Stirnplatte mit dem Aschenbecher einschlagen, doch dann wurde mir klar, dass es besser nicht laufen konnte. Ich musste nur mitspielen und schon hatte ich sie direkt vor meiner Flinte.

Ich haderte und sprach von Angst, von zerbrochenem Vertrauen und verletzten Gefühlen. Nach einer Weile gestand ich ihnen aber ein, dass ich mich über diesen Neuanfang und das großzügige Angebot freuen würde. Danach haben wir uns auf unsere Freundschaft besoffen."

„Wie lief das dann ab? Also nicht das Besaufen." fragte Juri.

„Schon klar. Wir trafen uns regelmäßig: Speck organisierte, Graupner instruierte und ich machte die Arbeit. Eigentlich wie damals.

Nach der Einweisung durch Graupner konnte ich mich im Schwimmbad fast zu jeder Zeit frei bewegen, ohne dass es jemand mitbekam. Ich hätte auch mit einem Panzer durch das Bad fahren können und keiner hätte es gemerkt. Und interessiert sowieso nicht. Das war ein Laden. Irgendwann zeigte Graupner mir Aufnahmen von nackten Frauen in Umkleidekabinen, von Pärchen, die in der Sauna fickten und von jungen Frauen, die in der Umkleide für ein Selfie die Beine auseinanderrissen. Er hatte sogar einen Typen dabei gefilmt, wie der in die Umkleidekabine schiss. Unglaublich, was in so einem Schwimmbad alles abgeht. Und Graupner war der „Herr der Kameras". Er drehte sie so, wie er wollte. Je nach Zeit und Laune ging er dann in den Monitorraum der Haustechnik, schaute sich an, wonach ihm war, und zog sich eine Kopie. Interessierte keine Sau. Die verantwortlichen Haustechniker waren völlig verblödet. Einer erwischte uns im Monitorraum, weil wir unvorsichtig wurden. Graupner erklärte ihm, dass ich von einer Spezialfirma für Kamerajustierung wäre und angemeldet sei. Der Haustechniker wackelte nur mit dem Kopf und bot mir einen Kaffee an.

Der Plan von Speck war simpel. Ich sollte mich am letzten Wettkampftag bis zum Schluss im Bad verstecken und kurz vor der Abholung das Geld abräumen. Danach alles wieder zurückdrehen, damit kein Verdacht auf das Personal vor Ort fiel. Geldübergabe in irgend so einem Schuppen in Wilhelmsburg. Dann abtauchen, bis Ruhe eingekehrt war. Den Schlüssel und die Kombination vom Aufbewahrungsort der Einnahmen sollte ich von Graupner bekommen.

Bei den Besprechungen mit den beiden hörte ich gar nicht mehr richtig zu. Schließlich hatte ich noch keine Ahnung, wie ich mein eigenes Vorhaben umsetzen sollte. Und die Zeit rannte. Bis ich eines Morgens Graupner bei seinem frühmorgendlichen Ritual zu sah. Dieser durchtrainierte, makellose Körper. Sonnenbank gebräunt. Er stolzierte die Leiter zu der Wasserrutsche rauf, als wenn ein Millionen Publikum ihn erwartete. Das Highlight seines Tages. Und dann kam mir die Idee mit den Nägeln in der Rutsche. Die Überraschung seines Lebens. Ich stellte mir vor, wie er an den Nägeln hängen bleiben und langsam ausbluten würde. Dazu sein blödes, verdutztes Gesicht. Ich konnte es gar nicht erwarten.

Hat leider nicht ganz funktioniert. Ich habe nur einen kurzen Schrei gehört und rote Klumpen im Wasser untergehen sehen. Hatte ich mir besser ausgemalt.

Die Ausführung war schnell gemacht. Ich kannte seinen Dienstplan, verschaffte mir zwei Stunden vorher Zutritt und manipulierte alles, was notwendig war. Dann habe ich mit einer Nagelpistole die Nägel reingehauen und mir seinen letzten Ritt angeschaut. Danach alles wieder auf null und ab durch die Mitte." Thorbens Augen strahlten vor Stolz. Den Kommissaren hingegen war nicht ganz klar, welche Erwartungshaltung ihr Gegenüber hegte und als keine Reaktion seitens der Kommissare erfolgte, erzählte Thorben weiter:

„Problematisch war nur die Zeit. Eigentlich wollte ich das Ganze erst im Laufe der Woche durchziehen, doch ich hatte kurzfristig von meinem Chef die Info erhalten, dass ich am Dienstag auf dem Dampfer sein sollte. Ich musste schnell sein und improvisieren. Mir war klar: jetzt oder nie."

„Und Speck?" erkundigte sich Juri.

„Na ja, der hielt mich für total bescheuert in seiner Überheblichkeit und begriff erst was lief, als ihm warm wurde." Thorben lehnte sich zurück und grinste erneut dümmlich. Ein fragwürdiger Triumph in einem beschissenen Leben.

„Der muss doch misstrauisch geworden sein, als er von dem Unglück seines Kollegen erfahren hat?" fragte Martin.

„Klar, das war meine größte Sorge. Hätte der mitbekommen, dass sein Kollege portioniert auf dem Grund der Schwimmhalle liegt, wäre der bestimmt abgetaucht. Ich hatte sogar überlegt, es gut sein zu lassen und zu verschwinden, aber ich war gut drauf nach der Nummer mit Graupner und so rief ich ihn an. Ich bat ihn, mich gegen Abend einzusammeln, damit wir den Ablauf für den Überfall am Wochenende nochmal besprechen konnten. Er sprang sofort auf. Passte auch gut in sein Bild, mir alles dreimal erklären zu müssen. Ich packte meine Sachen, da ich ja am nächsten Tag anheuern sollte und vereinbarte, dass Speck mich mit seinem Auto abholt. Er lud mich ins Steakhaus ein. Natürlich, der große Speck. Wie immer laberte er mich mit irgendeinem Scheiß voll und stopfte dabei sein blutiges Steak in sich rein. Der war komplett unbekümmert und gut drauf. Der hatte von Nichts einen Schimmer. Ich saß ihm gegenüber und freute mich, ihm bei seiner letzten Mahlzeit zuschauen zu können. Wobei ich da noch gar nicht wusste, wie ich es anstellen sollte. Ich wusste nur, es sollte wehtun. Graupner war gut davongekommen, aber Speck würde nicht so viel Glück haben, das war sicher.

Nach dem Essen fuhren wir eine Zeit lang durch die Gegend und er sabberte von Fluchtwegen und von Spuren verwischen, während ich mir den Kopf darüber zerbrach, wie ich es anstellen sollte, ihn möglichst qualvoll beseitigen zu können. So gegen Mittenacht waren wir dann bei unserem Unterschlupf in Wilhelmsburg angekommen. Dort wollten wir uns nach dem Überfall treffen."

„War der Mieter, Kai Mahnzahn, an den Plänen von Graupner und Speck beteiligt?" fragte Martin.

„Vermutlich nicht, aber ich kannte den so gut wie gar nicht. Speck und ich hatten bei Mahnzahn mal vor einigen Monaten den Schlüssel für den Unterschlupf abgeholt, und Speck, diese Vollnull, stellte mich als Freund mit meinem richtigen Namen vor. Gefiel mir überhaupt nicht, aber danach habe ich auch nie wieder etwas von dem gehört."

„Okay, und weiter?"

„Na ja, als wir dann vor dem vermeintlichen Treffpunkt standen musste ich nicht lange überlegen. Der Ort und Zeitpunkt waren perfekt. Mitten in der Nacht auf der Ecke? Keiner wusste, dass wir hier waren, vermutlich war nicht einmal bekannt, dass Speck und ich Kontakt hatten.

Die Nagelpistole, Handschuhe und Stahlnägel hatte ich noch in meiner Reisetasche. Die wollte ich später über Bord werfen. Während Speck draußen telefonierte, schaute ich mich im Schuppen um und fand alles, was ich brauchte. Ich nahm einen Lappen, tränkte ihn in Terpentin, sprang Speck von hinten an und betäubte ihn mit dem Zeug. War gar nicht so einfach, und das hätte auch schief gehen können. Der Fettsack hatte Kraft und natürlich Panik. Als er dann endlich zusammensackte, schleppte ich ihn an die Werkbank und tackerte ihn an den Händen fest. Es dauerte einen Moment, bis ich verstand, dass das nicht reichen würde. Dann sah ich die Kochplatte auf dem Regal stehen, und kam richtig in Fahrt. Das Ergebnis kennen Sie ja!"

„Ja, das kennen wir!" bestätigte Martin mit einem Seufzer und fragte dann: „Du bist aber nicht gleich nach der Fertigstellung deiner Konstruktion verschwunden?"

„Zuerst war das mein Plan. Zumal mir die Zeit davonlief. Problem war nur, dass Speck gar nicht wieder aufwachte. Ich wusste nicht, ob er sich schlafend stellte, die Betäubung zu stark oder er vom Schmerz bewusstlos war. Außerdem hatte die Konstruktion mit der Eieruhr nicht annährend so funktioniert, wie ich es wollte."

„Eieruhr?" fragte Martin.

„Ich hatte aus einer alten Eieruhr, die im Schuppen lag, den Schaltmechanismus für das Anwerfen der Kochplatte gebaut. Doch das dauerte alles viel zu lange. Ich konnte und wollte aber nicht auf seinen Gesichtsausdruck verzichten, wenn er merken würde, was passierte. Darüber hinaus wollte ich ihm noch ein paar nette Sachen ins Ohr flüstern.

Ich beschäftigte mich mit allem Möglichen, damit ich nicht einpennte beim Warten. Dann nach ungefähr zwei Stunden, es war schon knapp vier Uhr, fing Speck an wie ein Schwein zu quieken und es roch nach angebranntem Fleisch. Vermutlich hatte er sich schlafend gestellt, in der Hoffnung, ich würde verschwinden. Doch als ihm in der Fresse warm wurde, machte er wohl andere Pläne." Thorben grinste erneut und erzählte weiter: „Sie hätten mal sehen sollen, wie schnell seine Haut und die Haare von seiner Birne schmorten. Ich bekam einen richtigen Schreck. Dann stopfte ich ihm einen Lappen ins Maul, um das Gejammere zu dämpfen. Und erzählte ihm, dass er bald bei Coco sein würde. Mann, hat der blöd geguckt, zumindest mit dem Auge, was noch funktionierte. Speck hielt nicht lange durch. Dann kam ich in Panik, da es schon kurz nach fünf war. Ich tränkte den Lappen, der in Specks Fresse steckte mit Benzin und schob den unter die Kabel in der Hoffnung, dass die Bude abbrennen würde. Danach schloss ich ab und verschwand mit seinem Wagen."

„Genau, der Wagen? Den hast du mitten auf der Straße stehen lassen, mit der Nagelpistole im Kofferraum. Warum?" fragte Juri.

„Das mit der Nagelpistole war ein Fehler. Aber ich musste sofort los. Ich fuhr Richtung Freihafen und stoppte am Zaun. Schnappte mir meine Reisetasche, kletterte über den Zaun und flitzte quer durch den Freihafen zu meinem Dampfer. Trug mich mit zwei Uhr dreißig ein und hatte somit ein perfektes Alibi. Gegen neun Uhr liefen wir aus. Die Nagelpistole und das Panzerklebeband hatte ich einfach im Kofferraum vergessen."

„Über den Zaun sind Sie rüber?" erkundigte sich Martin.

„Was blieb mir übrig? Ich habe mir noch meine Jacke zerrissen, aber mir war klar, wenn ich mein Schiff nicht rechtzeitig erreichen würde, wäre mein Alibi hin."

Juri ließ die Ausführungen von Thorben zu den Verbrechen erst einmal sacken. Die schlechte Luft in dem Vernehmungsraum und das lange, konzentrierte Zuhören machten ihm zu schaffen. Er sehnte sich nach einem heißen Bad, gutem Essen, endlos viel Schlaf und seiner Familie. Normalität: nach Hause kommen, begrüßt werden, über Banalitäten reden, mit dem Hund gehen und abends bei seiner Frau unter die warme Decke schlüpfen. Stattdessen verplemperte er seine Zeit mit einem Psychopathen, der ihn nur blöd anglotzte und nicht begriff, dass sein Auftritt nun zu Ende war. Juri wollte nur raus.

„Okay, Thorben, vielen Dank für die Unterstützung und deine Offenheit. Das wird mit Sicherheit bei der Vergabe des Strafmaßes berücksichtigt werden. Martin, von deiner Seite noch etwas?"

„Nein, Juri. Ich denke wir haben alles zusammen."

„Prima! Dann bringen Sie den Gefangenen bitte wieder in seine Zelle."

„Wie? Das war es jetzt?" fragte Thorben entsetzt.

„Für uns schon. Sie hingegen werden sich vermutlich die nächsten fünfundzwanzig Jahre mit der Geschichte auseinandersetzen müssen. Im Knast hat man für so etwas viel Zeit." entgegnete Martin und die Schadenfreude schwang deutlich mit.

Juri hatte keine Lust mehr auf Späße und ging dazwischen, als Thorben gerade antworten wollte: „Herr Itjen, Sie haben vorsätzlich fünfundzwanzig Menschen getötet. Was haben Sie denn erwartet, was nun passiert? Sie werden angeklagt und zu einer sehr langen Haftstrafe verurteilt. Und nun schaffen Sie mir diesen Schwachkopf endlich aus den Augen!"

Die beiden Justizvollzugsbeamten, etwas verstört durch den Stimmungswandel, packten Thorben jeweils an einem Arm und führten ihn ab. Dieser ging zögerlich mit und man konnte förmlich sehen, wie Thorbens Kopf an der Umsetzung der Situation vergeblich arbeitete.

Martin hatte Juri selten so gereizt gesehen. Er wusste, dass das kein guter Moment für gute Laune oder gar Feierstimmung war. Auch wenn der Anlass es hergeben würde. Er erkannte, dass sein Freund und Kollege ausgebrannt war. Er bot Juri an, den anstehenden Papierkram allein zu regeln, was dieser dankend annahm.

Juri verließ den Vernehmungsraum, meldete sich kurz bei Pia ab und verschwand auf dem kürzesten Weg aus dem Präsidium.

Es war siebzehn Uhr dreißig.

Juri fuhr mit seinem Dienstmercedes durch die Stadt. Seine Stadt. Hamburg. Das Tor zur Welt. Wie lange er bereits planlos durch die Stadt fuhr, wusste er nicht. Er durchkreuzte eine Vielzahl von Stadtteilen und in jedem kannte er eine Ecke, wo eine Leiche gefunden wurde, ein Opfer wohnte oder das SEK einen Täter oder Verdächtigen aus einer Wohnung geholt hatte. Er sah im Vorbeifahren Garagen, die als Lagerplatz für Drogen und oder Diebesgut gedient hatten. Diverse Lokalitäten, die Schauplatz von Schlägereien, Drogenhandel und oder Gewaltverbrechen waren. Viele Öffentliche Plätze und Grünanlagen, die er mit Kollegen nach Beweisen durchforstet hatte oder in denen Leichen oder Leichenteile verscharrt wurden.

Er hielt an der Elbe bei einem Fähranleger an. Seit vielen Jahren sein „Hamburg-Lieblingsplatz". Juri hätte nicht sagen können, wann er sich diesen Ausblick das letzte Mal gegönnt hatte: Der Hafen, mit den Containerterminals und seinen vielen tausend Lichtern und hunderten von Fahrzeugen, welche wie Ameisen unaufhörlich Container von A nach B transportierten. Die reißende Elbe, dunkel und bedrohlich, aber für Menschen so magisch anziehend und faszinierend wie die Heilquellen von

Lourdes. Drumherum, wie gerahmt, der Himmel mit tiefhängenden Wolken, welche sich bemühten, das Gesamtkunstwerk mit typischem Hamburger Wetter abzurunden.

Er starrte auf die vorbeiziehenden Containerriesen und musste umgehend an Itjen denken. An verdrahtete Gesichter und eingeschlagene Frauenschädel.

Er zerbrach innerlich, als ihm bewusst wurde, dass seine geliebte Stadt für ihn nur noch ein Sammelsurium aus Leichen, Tatorten, Mördern und Opfern war. Das Schöne, Anziehende und Behagliche der Stadt war einfach verschwunden. Die Arbeit hatte ihm alles genommen. Seine Familie, seine Stadt, seine Lebensfreude. Er umklammerte das Lenkrad und spürte wie ihm Tränen übers Gesicht liefen. Und es fühlte sich gut an. Kein Aufbäumen, keine Gegenwehr. Einfach laufen lassen.

Wie lange er in dieser seelischen Untiefe verharrte wusste er nicht. Es war bereits dunkel und er beschloss nach Hause zu fahren. Dort angekommen, traf ihn die Leere des Hauses mit voller Wucht. Keine Begrüßung, keine Kinder, kein Hund. Nur Stille, leere Räume und Andenken aus einer besseren Zeit.

Hoffnungsvoll hörte er den Anrufbeantworter ab. Svetlana hatte eine Nachricht hinterlassen: Sie wollte irgendetwas Finanzielles klären. Kein gutes Zeichen.

In der Post nur Rechnungen und der Kühlschrank gab ausgenommen von abgelaufenem Jogurt wenig her.

Im Keller fand Juri noch eine gute Flasche Wein. Er setzte sich vor den Fernseher, legte seine Dienstpistole vor sich auf den Wohnzimmertisch und trank die Flasche in kurzer Zeit aus.

Im Nachhinein hätte er nicht sagen können, wozu er an diesem Abend fähig gewesen wäre, doch was immer er vorhatte, seine Erschöpfung vereitelte es. Er schlief auf dem Sofa ein.

Der folgende Tag war erneut schwierig. Es war bereits nach zehn Uhr. Er hatte keine Vorstellung, wann er das letzte Mal zwölf Stunden durchgeschlafen hatte. Als er die leere Flasche Wein und die Dienstpistole vor sich auf dem Tisch sah, fuhr es ihm in die Magenkuhle. Das Spiel mit dem Feuer, nur dass man dann, wenn man es verliert, keine Feuerwehr mehr braucht.

Auf seinem Diensthandy hatte er acht Anrufe und vier SMS. Er las sie nicht und rief auch niemanden zurück. Er schickte Pia eine SMS mit dem Text: „Komme nicht, bin krank" und stellte es ab. Auf seinem privaten Handy hatte er keine Anrufe. Nur eine SMS von seiner Tochter Leonie. Sie brauchte dringend eine Unterschrift für eine Klassenreise.

Juri rief seinen Hausarzt an und ließ sich für die nächsten fünf Tage krankschreiben. Er wollte und er konnte nicht zurück.

Die folgenden Tage füllte er mit Dingen, die ihm Freude bereiteten und seine Gesundheit förderten, denn er wollte seine finstere Gemütslage besiegen und wieder Lebensfreude spüren. Juri vermied alles, was nur ansatzweise mit seiner Arbeit zu tun hatte. Trieb regelmäßig Sport, ernährte sich ausgewogen und ließ sich nach wenigen Tagen für weitere zehn Tage krankschreiben. Mental ging es bergauf.

Er kontaktierte alte Freunde und schaffte es, sich mit ihnen zum Fußball gucken zu verabreden. Es wurde ein langer Abend. Debatten über die Tabelle, Diskussionen über die Einkaufspolitik des Vereins, Beschimpfungen für den Schiedsrichter und jede Menge halbschlüpfrige Kalauer. Dazu viele Liter Bier. Juri trank als Einziger alkoholfreies Bier, aber das interessierte niemanden. Für viele ein normaler Abend, für Juri hingegen, war es seit langem mal wieder ein Ausflug zu den schönen und notwendigen Dingen des Lebens. Abschalten und Spaß haben.

Die Kranktage vergingen wie im Flug und er ließ sich weitere zehn Tage krankschreiben. Seine Freizeitgestaltung und die damit verbundenen Kontakte nahmen richtig Fahrt auf. Mit jedem Freizeitabenteuer, welches er sich gönnte, ging es ihm besser. Er war bei den Nachbarn zum Grillen, joggte zweimal die Woche mit einem alten Schulfreund, schaute abends in dem Vereinsheim für Wassersport: „Blubber und Blubber" Berichte über das Tauchen, seine alte Leidenschaft. Vor dem Einschlafen las er ein Buch über Weinanbau in der Toskana.

Die Kontakte zu seiner Familie verbesserten sich zunehmend. Nach nur zwei Wochen verzichteten seine Töchter auf SMS-Nachrichten und riefen ihn direkt an. Erzählten von wichtigen und unwichtigen Dingen und er hatte Zeit, und hörte zu. Svetlana hingegen ging die Sache langsam an. Das Vergangene saß zu tief. Die alte Leichtigkeit im gemeinsamen Umgang ließ auf sich warten. Sie wussten beide, dass es dauern würde, freuten sich aber gemeinsam über die positive Entwicklung der Kinder in Bezug auf ihren Vater.

Die Genesung machte große Fortschritte und als er sich stark genug fühlte, setzte er seinen ursprünglichen Plan um: Fall lösen; Versetzung beantragen; Familie zurückholen.

Mit seinem Versetzungsgesuch fuhr er ins Präsidium und er wusste, dass er damit seinen guten Freunden und Kollegen die täglich da draußen alles gaben, um die Irren einzufangen, schwer enttäuschte, doch er musste an sich selbst und seine Familie denken.
Dass er die Versetzung nur vorübergehend beantragt hatte, erzählte er natürlich keinem.

Ende

Zeitfracht Medien GmbH
Ferdinand-Jühlke-Straße 7
99095 Erfurt, Deutschland
produktsicherheit@kolibri360.de